Henriette Paul

Mein Blick geht auf die See

Henriette Paul

Mein Blick geht auf die See

Roman

FSC
www.fsc.org
MIX
Papier aus verantwortungsvollen Quellen
Paper from responsible sources
FSC® C105338

Bibliografische Information der Deutschen Nationalbibliothek: Die Deutsche Nationalbibliothek verzeichnet diese Publikation in der Deutschen Nationalbibliografie; detaillierte bibliografische Daten sind im Internet über http://dnb.dnb.de abrufbar.

Verlag: BoD · Books on Demand GmbH, Überseering 33, 22297 Hamburg, bod@bod.de
Druck: Libri Plureos GmbH, Friedensallee 273, 22763 Hamburg
ISBN: 978-3-8192-1232-1

Prolog

Ich weiß nicht, wo oben und unten ist. Alles dreht sich, bewegt sich, fällt über mich. Oder bin ich es, der sich dreht und wendet? Ich kann es nicht unterscheiden. Ich stoße mich mit dem Helm, mit den Füßen. Es herrscht Chaos. Ich weiß nicht, wie viele wir noch sind. Es ist wie damals, als der große König mich vorschickte und ich auf dem Schlachtfeld niemanden mehr antraf, nur öde Leere. Ich bin auf mich allein gestellt. Die Ohnmacht von damals kehrt zurück. Die Schwärze um mich herum ist undurchdringlich.

Wie soll ich nun meinem König dienen?

London, 2018

Voller Eile lief Susan los. Halb auf dem Gehweg, halb auf der Straße, versuchte sie immer wieder, ein Taxi herbeizuwinken. Als endlich eines anhielt, warf sie sich auf den Rücksitz: »Zum British Museum. Ich bin sehr spät dran.«

Der Taxifahrer gab Gas und schlenkerte an den anderen Autos vorbei, als wäre sein Cab nicht aus Metall, sondern aus Gummi. Susan lachte. Ihr gefiel das. Und das gefiel wiederum dem Taxifahrer.

»Sie sind aber nicht auf der Flucht oder so? Sonst müsste ich Sie ausliefern.«

»Niemals!«, sagte Susan und wurde in die Ecke des Taxis geschleudert. »Dazu bin ich viel zu ängstlich, Herr …?«

»Nivas.« Der Taxifahrer sah in den Rückspiegel. »Einfach nur Nivas. Und das glaube ich kaum. Wahrscheinlich haben Sie gerade eine Bank ausgeraubt und machen einen unschuldigen Taxifahrer zu Ihrem Komplizen.«

»Es geht tatsächlich um etwas von großem Wert«, erwiderte sie, nun weniger enthusiastisch.

Wieder sah der Taxifahrer in den Rückspiegel. Sie saß jetzt aufrecht wie eine Lady beim Tee. Ihre Füße züchtig nebeneinander, die Knie berührten sich, die Hände lagen im Schoß verschränkt. Als der Fahrer abermals Geschwindigkeit aufnahm, wurde Susan erneut von einer Seite des Taxis zur anderen geworfen, und ihre braunen, zu einem Pferdeschwanz gebundenen Haare schwangen wie eine Schaukel hin und her. Nivas hatte sie auf den ersten Blick in die Kategorie junge Frau eingeordnet, sah jetzt aber, dass sie die 30 bereits hinter sich gelassen hatte.

»Im Museum? Welche Epoche, welches Stockwerk, welche Vitrine?«, wollte er wissen, bemüht, den leichten Ton wiederzufinden, der den Eingang ihres Gesprächs bestimmt hatte, doch sie ging nicht darauf ein und fragte ihn stattdessen in einem ernsten Tonfall: »Spielen Sie Schach?« Susan sah ihn prüfend im Spiegel an, und Nivas war um eine Antwort verlegen.

»Da, wo ich herkomme«, begann er schließlich, »sitzen die alten Männer auf den Straßen. Sie hocken im Staub auf den Knien, eine Kiste zwischen sich, auf der ein Schachspiel steht. Sie spielen endlose Partien, um ihren Geist beweglich zu halten. Sie bedenken die Züge im Voraus, entwickeln Taktiken und Strategien … als ob morgen ihr Dorf überfallen würde und sie durch das Schachspielen besser darauf vorbereitet wären, den Angriff abwehren zu können.«

»Indien?«, fragte sie.

»Was hat mich verraten?« Er lachte und der Turban auf seinem Kopf wackelte. »Ich selbst bin kein großer Schachspieler. Warum fragen Sie?«

»In meiner Familie gehört das Schachspielen gleichsam zur Grundausstattung. Das übt einen gewissen Zwang aus.« Sie richtete sich auf.

»Als meine Tochter klein war«, erzählte Nivas, »spielten wir Schach zum Zeitvertreib. Keiner von uns wusste genau, wie die Figuren richtig zu bewegen sind. Gegen Ende der Partie jagten sich die Könige immer von einem Ende des Spielbretts zum anderen. Sie holten sich gegenseitig nie ein und spätestens, wenn wir Hunger bekamen, gaben wir schließlich auf.«

Sie lachte. »Wenn es doch so einfach wäre!«

Äußere Hebriden, 1831

eins

Wenn Ian zum Strand ging, dann wegen der Seehunde. Er bewunderte ihre Geschmeidigkeit im Wasser und lachte über ihre unbeholfenen Bewegungen, wenn sie an Land buckelten.

Jetzt folgte er einer kleinen Herde strandaufwärts. Es waren fünf oder sechs Jungtiere, die sich im glatten Meer tummelten. Ihre Köpfe tauchten auf und verschwanden, wie kleine Monde stiegen sie auf und ab. Sobald sie prustend aus dem Wasser auftauchten, blickten sie in seine Richtung. Er lief den Strand entlang und versuchte zu erraten, wo welcher Kopf wieder auf dem Wasserspiegel erscheinen würde, aber es gelang ihm nie. Als ob die kleinen Tiere seine Absichten begreifen würden und sein Spiel durchkreuzen wollten, begannen sie ein Tänzchen, hier und dort verschwanden sie, waren wieder da. Ian fielen die Glocken von St. Michael's Church ein, die sonntags zum Gottesdienst riefen. Wie sie anschlugen, so tauchten die Seehunde auf: kling, klang, kling.

Ian lief immer weiter, die Köpfe der Tiere sprangen hoch und runter, hoch und runter. Jetzt ging es über die spitzen Felsen, und Ian musste aufpassen, dass er die Gruppe nicht verlor. Er lief schneller und stürzte dadurch beinahe über einen Stein. Er wusste, dass er schon längst hätte umkehren müssen. Sein Vater wäre über sein Verschwinden erzürnt. Sicher rief er bereits auf den Torffeldern nach Ian, und ihm drohte Strafe.

Aber Ian wollte nicht aufhören zu laufen, er wollte mit den Seehunden spielen, ihnen immer näherkommen, ins

Wasser laufen und ihnen folgen. Vielleicht könnte er sogar einen berühren. Er stellte sich vor, wie sich das nasse Fell unter seinen Fingern anfühlen würde, wie nachgiebig die dicke Fettschicht darunter wäre. Er wäre den Tieren nah, ihre Augen würden ihn vertrauensvoll ansehen, und sie würden Freundschaft schließen, die Seehunde und er. Es wären seine Seehunde, jeden Tag würden sie auf ihn warten. Sie könnten im seichten Wasser miteinander spielen, und er würde für sie sorgen, wenn sie selbst keine Nahrung finden konnten. Er würde angeln gehen und die dicksten Fische für sie verwahren.

Ian lief nun wieder über Sand. Immer noch schaukelten die Köpfe auf und ab, auf und ab, nun schon in einiger Entfernung. Er sank mit jedem Schritt tief in den feuchten Sand, und hatte Mühe, seine Füße daraus zu befreien. Außer Atem blieb er stehen.

Er würde sie nie einholen. Er sah, wie sie hinauf- und hinabwogten, und bald waren sie so weit entfernt, dass er die Schar nicht mehr ausmachen konnte. Schließlich wusste er nicht einmal, ob es Wellenkämme oder Seehundköpfe waren, die er da beobachtete.

Missmutig ging er den Weg zurück, den er gekommen war, unbestimmt verärgert über die Seehunde, die ihr eigenes Leben lebten, ohne sich um ihn zu kümmern, unglücklich, dass er überhaupt fortgelaufen war, und ängstlich, bald seinem Vater gegenübertreten zu müssen. Er lief nun langsam, die Augen auf den Strandabschnitt vor sich gerichtet.

Vielleicht könnte er seinem Vater Strandgut mitbringen und ihn damit leichter vergessen lassen, dass er sich wieder davongestohlen hatte.

Er fühlte ihn mehr, als dass er ihn sah. Etwas schmiegte sich angenehm an die Unterseite seines nackten Fußes. Er bückte sich und hob es auf. Der Krieger sah ihn mit einem merkwürdig offenen Blick an. Er verbarg seinen Körper hinter einem Schild; den linken Arm mit dem Schwert hielt er erhoben. Der Helm war tief in die Stirn gezogen; das Gesicht darunter friedlich. Die Figur schien in einem schlafenden Zustand zu sein, obwohl es Ian für einen Krieger nicht angemessen erschien. Es war eine große Ruhe um den Soldaten.

Ian besah sich die Figur von allen Seiten, bestaunte die kunstvolle Schnitzerei an Schild und Gewand. Er würde ihn behalten. Der Krieger würde ihm helfen, zu ihm stehen, wenn es sonst keiner tat: ein Talisman der Treue, Beständigkeit und des Schutzes. Er wäre nicht mehr allein. Die Figur passte in seine Hand, entsprach genau der Größe seiner Handfläche, als wäre sie für ihn angefertigt worden. Sie wärmte seine klammen Finger.

Er umklammerte den Krieger fester, als er eine weitere Figur unter seinen sandigen Zehen ertastete. Dieser Krieger trug seinen Schild auf der linken Seite, sein Helm war spitzer, nur das Schwert hielt er, als exaktes Abbild der ersten Figur, steil aufgerichtet vor sich. Auch er schien zu schlafen. Ian hielt den Atem an. Er hatte noch nie Figuren gesehen, die so lebendig erschienen. Sie schienen so von Leben erfüllt, dass es Ian nicht verwundert hätte, wenn sich ihre Lippen plötzlich öffnen würden und Worte formen würden, die er verstand und auf die er Antwort geben konnte. Er hielt beide Figuren nebeneinander, verglich ihre Gewänder, ihre Schilde, ihre Schwerter. Er wollte sich gerade hinsetzen, um die beiden Fundstücke genau zu betrachten, als er sie auf einmal alle um sich herum liegen sah. Manche waren halb im Sand vergraben, andere lagen auf oder steckten aufrecht in dem weichen Grund; sie waren kreuz und quer über den Strand verteilt, hingeworfen und ausgeschüttet von einer größeren Hand als seiner. Es gab weitere Krieger, manche von ihnen bissen in den Schild, welchen sie vor sich aufgestellt hatten, und Ian überkam ein unbestimmtes Gefühl des Mitleids mit ihnen. Er sah Mönche mit langen Stäben in der Hand und komischen Mützen auf dem Kopf, Krieger auf Pferden, die so klein waren, dass es aussah, als müssten die Beine der Krieger über den Boden schleifen. Dennoch bildeten Ross und Reiter eine stille Einheit. Männer und Frauen mit Kronen saßen auf reich geschmückten Prunkstühlen, das mussten Könige und Königinnen sein.

Es gab jedoch auch Figuren, die keine richtige Gestalt besaßen, nur stehende Steine mit Mustern, die sich ineinander verflochten.

Ian konnte sich an der Vielfältigkeit nicht sattsehen. Alle Figuren schienen lebendig: Sie sprachen zu ihm, ohne dass sie sprechen konnten, sahen ihn an und blickten doch ins Leere. Wenn eine Figur die Hand an die Wange legte, erschien es Ian so, als ob sie nicht billigte, was sie vor sich sah. Ian hatte diese Geste und diese Blicke schon oft gesehen. Er starrte auf die Figur, aber es wollte ihm nicht einfallen, woher er sie kannte. Er nahm eine weitere Figur in die Hand.

Es war eine große, geheimnisvolle Welt, die sich ihm eröffnete. Eine Welt, die er auf der Stelle verstand, in der es Gefahren, Wagnisse, Strafen und Belohnungen gab, die gleichzeitig fremd und eigenartig war. Er bemerkte, dass einige der Figuren dunkler waren als die anderen.

Womöglich handelte es sich um zwei Familien, die alle Mitglieder zusammengerufen hatten, um ein Fest zu feiern. Eine Hochzeit. Oder jemand war verstorben.

So viele Figuren könnte er nie vor seinem Vater verbergen und Ian spürte, dass er das auch nicht durfte. Doch zunächst musste er sie einsammeln, bevor die Flut kam und die Figuren ins Meer spülte. Ian bückte sich, nahm so viele Figuren wie möglich in seine Hand, lief zum oberen Rand des Strandes und baute dort aus Steinen eine kleine Höhle, in die er die Figuren sorgsam bettete. Er legte sie behutsam auf- und nebeneinander und achtete darauf, dass sich niemand weh tat, dass kein Speer abbrach und keine Krone zu Boden fiel. Gerne hätte er aus den Steinen Wände gebaut und die Königinnen in einer separaten Kammer seiner Höhle unter sich leben lassen. Auch die Krieger brauchten ihr eigenes Lager, doch für solch einen Aufwand blieb ihm keine Zeit.

Vielleicht würde ihn sein Vater später ja doch mit ihnen spielen lassen, dann könnte er für jeden eine passende Kammer bauen.

Ian lief viele Male hin und her. Er suchte den Strand in jeder Richtung ab. Vielleicht war eine Figur zwischen diese Felsen dort gerutscht?

Tatsächlich sah er einen weißen Schein in der Tiefe. Ian ließ sich zwischen den Steinen hinabgleiten und angelte mit den Fingern nach der Figur. Es war ein Reiter auf einem Pferd, der ihn, so schien es ihm, dankbar für die Rettung ansah.

Erst als er sich sicher war, keine Figur übersehen zu haben, lief er den langen Weg zu seinem Vater zurück.

zwei

Er schlug nicht. Er schlug niemals. Sein Körper war müde von der Arbeit, aber seine Seele war erfüllt von Zorn. Das Einzige, auf das er täglich wartete, waren das Essen, der Whisky und die paar Stunden Schlaf, zu denen er sich auf sein Lager warf, um zu vergessen.

Als Ian über die Felder auf ihn zugerannt kam, spürte er dumpf eine Mischung aus Erleichterung und Ärger.

Er betrachtete, während er näherkam, wie Ians Arme an seinem schmächtigen Körper wie lose Äste baumelten, wie seine Beine in kurzen Abständen auf den harten Boden trommelten. Das ehemals weiße Hemd und die weite blaue Hose bauschten sich wie eine aufgeregte Flagge im Wind um den schlaksigen Körper. Der goldene Kranz feiner Haare war vom Wind völlig zerzaust.

Als Ian völlig außer Atem vor ihm stand, sah sein Vater ihm ins Gesicht, in die Augen, ließ seinen Blick über die Stirn und über den ganzen Kopf wandern. Er betrachtete das verstrubbelte Haar seines Sohnes. Manchmal kam es Ian so vor, als ob sein Vater jedes einzelne Haar auf seinem Kopf kannte. Der Blick des Vaters nahm nun die Linien seines Gesichtes auf, empfand, dass Ians Ohr sich kräuselte wie der Rand einer Kammmuschel. Er glitt über die schmale und sommersprossige Nase hinab zu dem Dreieck über dem schmallippigen Mund und verweilte dort. Immer blieb sein Blick an dieser Stelle hängen. Die Wangen, den Mund, das Kinn ließ er unbeachtet.

Ian glich ihr. Seine Gesten, seine Farben, seine Existenz, aber besonders diese Stelle über dem Mund. Mary hatte immer mit dem Zeigefinger darübergestrichen, in kleinen Bewegungen hatte ihr Finger die Stelle umkreist. Am

Küchentisch sitzend, den Arm abgestützt, den Finger über dem Mund.

Manchmal machte er mit Ian Späße. Er hatte ihm nach Marys Tod zwei kleine Holzpferde geschnitzt, mit denen sie Wettrennen veranstalteten. Doch sobald es etwas heller um ihn wurde und er die Wut und den Kummer vergaß, erschrak er.

Das Frühjahr, in dem er Mary begegnete, hatte Timothy etliche neue Lämmer beschert. Der Regen war an den richtigen Tagen gefallen, die Sonne hatte sich an den richtigen Tagen gezeigt. Die Wiesen strahlten in leuchtendem Grün und die Schafe fraßen die bunten Kleckse der Blumen und Kräuter ab. Timothy konnte mit einigen Tieren auf das Festland fahren. Er machte dies nur, wenn er sicher war, dass er sie verkaufen konnte. Er fuhr immer zum Markt in Ullapool, wo er sich auch heute wieder mit einem Mann aus Morefield bezüglich des Preises für die Schafe schnell einig wurde.

Die Mädchen standen an einem Verkaufsstand für Wollstoffe. Die eine hielt der anderen einen Stoff an den Körper und prüfte, ob ihr die Farbe stand. Timothy sah sofort, dass sie nicht von hier waren. Er sah auch, wie die kleinere der beiden dastand und sich ebenso beschämt wie belustigt von dem anderen Mädchen begutachten ließ. Sie lächelte und streifte dabei kurz seinen Blick. Der blaue Stoff passte gut zu ihr. Und das sagte er ihr auch. Die Große, mit dem Stoff in der Hand, wandte sich um, machte schon den Mund auf, um ihn zurechtzuweisen, als die kleine Blaue ihr die Hand auf den Arm legte.

»Lass nur, Erin«, sagte sie. »Der Herr möchte nur nett sein.«

Timothy nickte und fragte, ob sie auch den anderen Stoff kannte, den von den Inseln.

»Nein«, sagte sie.

»Wenn Sie möchten, zeige ich Ihnen einen Stand mit besonders schönen Stoffen. Er ist gleich hier drüben. Mein Name ist Timothy.«

Die Mädchen stellten sich als Schwestern vor: Mary und Erin.

Timothy führte sie über das holprige Pflaster, zwischen blökenden Schafen und dickfelligen Rindern hindurch, vorbei an einfachen Ständen, die Äpfel und Käse feilboten, hin zu einer dicken, rosigen Frau namens Martha, die hinter einem Tisch mit Stoffen stand. Sie nickte den neuen Besucherinnen aufmunternd zu.

»Fühlen Sie, meine Damen. Hält uns all das Wetter vom Hals.« Sie lachte. Die Mädchen befühlten vorsichtig die Stoffe und bewunderten deren Farben und Muster.

»Die machen wir selbst, auf den Inseln. In Heimarbeit. Sie bekommen nirgendwo etwas Besseres«, sagte Martha. »Hinter jedem Wohngebäude steht ein Webhaus. Da sitzen wir, Frauen wie Männer, spinnen, färben und weben die Wolle von unseren Schafen.«

»Es ist wunderschön«, flüsterte Erin.

»Was sind das für Inseln?«, fragte Mary.

»Dort leben wir«, antwortete Timothy.

Sie sah ihn an.

»Ich habe bei meinem Haus nicht nur das Webhaus, ich könnte Ihnen auch mit einem Logis aushelfen, wenn Sie die

Inseln sehen möchten«, sagte Martha, die nicht auf den Kopf gefallen war.

»Wir müssen natürlich die Eltern fragen«, erwiderte Mary zögernd.

»Was meinst du, Erin?«

Erin konnte den Blick nicht von den Stoffen abwenden. »Sicher«, sagte sie. »Fragen wir Mutter und Vater.« Sie wandte sich an Martha. »Wo vertreiben Sie den Stoff noch?«

»Wir kommen hierher und verkaufen, was wir haben. Manch eine nimmt eine Auswahl mit, wenn sie weiter auf das Festland reist. Dann bekommen wir sehr viel mehr dafür als hier auf dem Markt.«

»Da ließe sich etwas daraus machen«, sagte Erin nachdenklich.

»Du hast eine Idee, Erin?« Mary zupfte ihre Schwester am Ärmel und riss sie aus ihrem Gedankengang. »Komm, lass uns erst mal Vater und Mutter fragen und dann weitersehen, was meinst du?«

Timothy lächelte. »Kommen Sie bald. Der blaue Stoff steht Ihnen wirklich.«

August, 1829

Liebe Schwester,
nun bin ich glücklich, wieder festen Boden unter den Füßen zu haben. Die letzten Tage waren mir so zuwider: auf schwankenden Holzbohlen, gegen die permanent das Wasser schlägt, die Bänke feucht, die Hose klamm und meine Finger zu steif und unbeweglich von der ewigen Kälte und Nässe, um die Feder halten zu können. Das ständige, nicht einschätzbare Auf und Ab ließ mir die Aussicht auf die See qualvoll werden. So verlief die Überfahrt auf scheußliche Weise und einmal mehr fehlte mir deine kühle, beruhigende Hand und deine freundliche Ansprache auf dieser Reise. Wehmütig dachte ich an den Erfolg, den ich in London hatte, den Applaus, die Soireen, die überaus freundliche Aufnahme und ich gestehe, dass ich alles genossen habe. Folgt nach einem Aufstieg nicht immer unweigerlich auch ein Niedergang? Nun, diesen hier habe ich ausgekostet.

So hießen mich die Hebriden nicht mit Harfenklängen, sondern mit quälendem Ungemach willkommen.

Auch heute bin ich noch nicht wieder hergestellt und meines Wirtes Tochter flößt mir alle halbe Stunde heißes Wasser mit übelriechenden Kräutern ein, um mich von dieser auszehrenden Seekrankheit zu heilen. Die Prozedur selbst ist nicht so unangenehm wie es erscheinen mag, ist doch das Mädchen ein entzückender Anblick: ihre schwarzen Haare quellen unter einem Häubchen hervor, die Augen, sanft wie die eines Rehs und unschuldig wie die einer Taube, blicken klar auf mich. Sie bietet mir mit leichter Hand Tee an, oder wie sie den Sud wohl nennen mögen, und fährt mir wiederholt mit einem warmen Tuch über die feuchtnasse Stirn. Wir sprechen ein wenig und ich kann nicht umhin zu sagen, dass sie über verständige Gedanken verfügt.

Ihr Duft verweilt im Raum, ob sie anwesend ist oder nicht.

Du siehst: Ich leide mehr als ich sollte. Gottlob bin ich in diesem Haus gelandet!

Der Wirt selbst, ein großer Kerl mit dröhnender Stimme und starkem schottischen Akzent, aus dem wohl auch kein Engländer schlau werden würde, beherrscht die Schankstube unten. Seine Worte wären auch in meinem Zimmer zu verstehen, wenn ich sie denn verstehen würde. Er selbst setzt keinen Fuß in mein Gemach, schickt nur immer die Tochter mit den Rehaugen.

Mein Blick geht auf die See, die mir so übel mitgespielt hat. Weit ist sie und unergründlich. Hier drinnen jedoch ist es friedlich, und so lasse ich mich weiter von meiner Retterin retten.

Dein Felix

drei

Sie kamen tatsächlich. Vater und Mutter ließen sie ziehen auf diesen ungeplanten Abstecher einer ansonsten vorhersehbaren Reise durch die schottischen Highlands, die bei den Mädchen Verständnis und Achtung für die Vergangenheit wecken sollte, bisher jedoch vor allem durch aufgeweichte Kleider und Schuhe im Gedächtnis haften blieb, mit denen sie die heiligen Stätten der Schotten besucht hatten.

Nun lag eine Woche voll Staunen und Freundlichkeit hinter ihnen.

Die Inselbewohner blieben zurückhaltend, bis auf die jungen Leute, die die Schwestern auf Schritt und Tritt begleiteten, mit ihnen scherzten und sie an ihrem Leben teilhaben ließen. Es war ein Abenteuer, eine Mischung aus Neugier und Phantasterei, der sie sich alle hingaben. Sie durchkämmten die Weiden auf der Suche nach verlorenen Schafen, sie legten Muster aus Algen und hofften, dass die Sonne lang genug schien, um sie zu trocknen, denn ansonsten waren sie für den köstlichen Gin unverwertbar, den sie abends im Schankraum tranken. Sie besuchten die Alten in den dunklen, stickigen Häusern und ließen sich Geschichten von furchtlosen Auswanderern und ihrem grauenvollen Tod auf offener See erzählen. Nie war es ihnen vergönnt, fremdes Land zu erreichen.

Für Mary war es das Fremde, das ihr so gut bekam. Es lag in der Zurückhaltung der Menschen. Sie drängten sich niemals so auf wie manche Städter, die Mary immer ein wenig verachtet hatte. Die Klarheit, mit der die Menschen auf den Inseln lebten, beeindruckte sie.

Schon am ersten Abend begann sie die Welt auf eine andere, neue Art zu begreifen. Sie saßen im Pub, als einige junge Männer ihre Instrumente hervorholten. Flöte, Gitarre und Geige erklangen in einer heiteren Melodie. Sie spielten aus Lust und Freude über die zwei jungen Frauen, die so unvermutet in ihre Mitte getreten waren. Die anderen stampften den Takt, klatschten und sangen. Als Timothy sie bei der Hand nahm und mit ihr tanzen wollte, schüttelte sie nicht den Kopf, wie sie es zu Hause getan hätte, sondern lachte ihn unsicher an und ließ sich von ihm in die Mitte des Raumes führen. Als andere Paare folgten, wurde es so eng, dass die Schrittfolgen nicht mehr erkennbar waren.

Mary wurde mitgerissen, von einem zum nächsten Partner gewirbelt und kümmerte sich nicht darum, ob sie den Tanz beherrschte. Als sie außer Atem zum Tisch zurückkehrten, hatten sich ihre Wangen gerötet.

»Geht es dir gut?«, fragte Erin.

Mary trank mit großen Schlucken ein halbes Glas Bier aus. »Das Leben belebt mich«, sagte sie.

So legte Mary jeden Tag alte Angewohnheiten ab wie Schuhe, die sie schon lange drückten und quälten. Sie verabschiedete sich mit einem kleinen Lächeln von ihnen und warf sie ohne Reue fort.

Während sie eines Abends am Lagerfeuer saßen und Krebse mit den bloßen Fingern knackten, sah Erin sie mit einem so liebevollen Blick an, dass sie sich fragte, warum sie so lange darauf gewartet hatte. Immer war es Erin gewesen, die sich ohne Scheu aufgemacht hatte auf andere Menschen zuzugehen, mit ihnen zu sprechen und die Eindrücke mit leuchtenden Augen zu Hause zu kommentieren. Mary blieb im sicheren Kokon der familiären Vorhersehbarkeit. Als sie nun ihre fettigen Hände ableckte, wusste sie, dass sie in Erins Augen endlich das fand, was Erins Lebenselixier war. Wie viel davon das Ihre würde, konnte sie noch nicht sagen. Sie kostete jedoch jedes Vergnügen aus, wie das langsame Lutschen eines süßen Bonbons, dessen Geschmack zu köstlich ist für ein kurzes Entzücken.

Timothy wich nicht von ihrer Seite. Sie berührten sich, wenn er ihr ins Boot half, wenn sie versuchte zu rudern, wenn er ihr einen mit silbrigen Fäden durchzogenen Stein vom Strand zeigte, wenn er sie auf einen Felsen zog. Ihre Gespräche begannen sich wie verknotete Baumwurzeln zu umschlingen und wollten nicht enden.

Als Mary beschloss zu bleiben und Timothy zu heiraten, hielt Erin es zunächst für einen Scherz. Sie neckte Mary mit seinen grünen Augen und den starken Armen, die vielleicht fähig waren, den größten Schafsbock für die Schur umzuwerfen, aber ob er willens sei, Mary ein Leben lang auf diesen Händen zu tragen, sei doch fraglich. Mary ließ den Spott gelassen an sich abperlen und widmete sich stattdessen mit Eifer der Aufgabe, ihre Eltern davon zu überzeugen, sie in dieser schottischen Einöde mit ihren fremden Menschen, Gebräuchen und Lebensarten zurückzulassen. Jeden Tag wurden Briefe verschickt, hitzige, scharfe Briefe, voller Anklage seitens der Eltern und voll zürnender Widerrede seitens der Tochter. Als die Eltern sich endlich bereit erklärten, den neuen Schwiegersohn zumindest kennenzulernen, verlief die Begegnung mühevoll. Die raue Kleidung der Inseln passte sich den geschmeidigen Materialien, die Marys Mutter bevorzugte, kaum an. Der Vater überstand die Mahlzeiten nur mit Hilfe von mitgebrachten Pülverchen und ausgiebigen Mittagspausen. Erst als man sich eines Abends bei Hamish im Pub einfand, lockerte sich Timothy den Kragen und begann von den Inseln zu sprechen.

Es war einer der Momente, in denen er über sich hinauswuchs. Die Gespräche verstummten, man versammelte sich um seinen Tisch und lauschte dem Klang seiner Stimme, die mal ruhig und ebenmäßig dahinfloss, gleich der Brandung, die behäbig und stetig gegen das Ufer schlägt, mal sich wie die stürmische See aufbäumte und in den Männern und Frauen widerhallte, die ihm zuhörten. Er verschwieg nichts, ersparte ihnen nicht die Leere, die Dunkelheit, die Monotonie des Lebens auf den Inseln. Er stieg mit ihnen auf schroffe Berge, sprang über steinige Geröllklippen, zeigte ihnen Höhlen und Grotten, er führte sie in die Einsamkeit des Winters, lotste sie durch die Herbststürme und ließ sie in das Reich der Erschöpfung und der Trübsal eintreten.

An seiner stoischen Miene, an seinen knappen Gesten waren die Eigenarten des Insellebens abzulesen, von welchen er berichtete: grau war es, der Himmel zu nah, der Wind fegte über die Jahrhunderte hin und nahm sich, was er begehrte. Den Menschen blieb nichts als stehen zu bleiben, ohne sich niederdrücken zu lassen.

Timothys Zuhörer plagten sich noch unter der Bürde des Gehörten, als er ihnen den Glanz des Insellebens vor Augen führte. Jede Steigung, jede Biegung der Hügel bezeugte vollendete Schönheit. Der Auf- und Abstieg der Berge ließ sich mit den Augen verfolgen wie eine Zeile aus der Heiligen Schrift. Im Zusammenklang aus Steinen, Wasser, Erde und Luft lag die Wärme des immerwährenden Anbeginns.

Mary konnte die Augen nicht von ihm wenden, und wenn sie sich nicht schon sicher gewesen wäre, hätte sie jetzt zu der Überzeugung gefunden, bei diesem Mann bleiben und sich unter seinen Schutz begeben zu wollen. In dem Blick, den Timothy ihr zuwarf, lagen Güte und Vertrauen. Sie wusste, dass sie hierhergehörte.

Ihre Eltern verbrachten eine schlaflose Nacht in der Stube über dem Schankraum von Hamishs kleiner Gastwirtschaft. Als sie morgens die Treppe hinunterstiegen, fanden sie Erin im Gespräch mit dem Wirt vor.

Hamish mochte Erins Art. Sie packte die Dinge an und verwandelte sie. Ununterbrochen schuf sie Leben, Gedanken, Projekte. Er hatte sie die ganze Woche über gedrängt, sich mit ihm über die Möglichkeit der Vergrößerung des Geschäfts mit dem Tweedhandel über die Inseln hinaus auszutauschen, doch sie hatte immer nur gelacht. »Was weißt du denn, Hamish, von Geschäften? Ein Wirtshaus auf einer kleinen Insel zu betreiben ist doch etwas anderes als sich in Edinburgh gegen Tuchhersteller aus ganz Schottland durchzusetzen.« So war Erin bei ihrer Einstellung geblieben, bis gestern, als Timothy gesprochen hatte. Es hatte sie ergriffen ihn so reden zu hören. Erin war keinesfalls romantisch veranlagt. Aber auch sie verspürte den Sog, der Mary erfasst hatte und der sie mitriss.

»Ich werde mich in den Tuchhandel einarbeiten und versuchen, den Stoff, der hier produziert wird, auf dem Festland zu verkaufen«, begrüßte sie ihre Eltern.

»Was wirst du?«, polterte ihr Vater.

»Ich werde es zumindest versuchen«, beschwichtigte Erin. »Sagtest du nicht immer, dass auch Frauen etwas bewirken?«

Ihr Vater nickte verblüfft.

»Dafür müsste ich natürlich hin- und herfahren. Wenn Mary hier leben würde, wäre es einfacher.«

»Ah so?«, fragte ihr Vater. »Du bleibst also auch hier?«

»Ich kann Mary doch nicht allein lassen!«

»Ich bin sicher, dass Erin den Tuchhandel auf die Beine stellen könnte«, mischte sich Hamish ein und stellte das Frühstück auf den Tisch.

»Oh, ich wüsste einige Dinge, die ich hier tun könnte!«, sagte Erin.

Ihre Eltern nippten am Tee und sahen sich über ihre Tassen hinweg an. Sie kannten ihre Tochter.

»Wie habt ihr euch entschieden?«, fragte Erin nun geradeheraus. Als ihr Vater nur seufzte, lief sie um den Tisch und umarmte ihn. Auch Erin kannte ihre Eltern.

Marys Hochzeitskleid war hellblau wie die Augen der Braut an sonnigen Tagen. Mary und Timothy heirateten in der Kirche von St. Michael's Church. Gütig blickten die grünen Berge auf das junge Brautpaar zu ihren Füßen herab. Mary und Timothy taten einander gut, jedermann sah das.

August, 1829

Liebste Fanny,
den gestrigen Abend verbrachte ich mit einer Arbeit, die gut vorankommt. Erste Skizzen für eine Ouvertüre sind aufgezeichnet. Ich denke, sie würden dir gefallen. Jetzt, da es mir etwas besser geht, packt mich das Feuer. Mir fallen Ideen zu, die Noten schreiben sich von allein, als ob ein Stern darüber wachte. Ja, auch die Gespräche mit Catherine, der Tochter meines Wirtes, tragen zu meiner Inspiration bei. Sie fragt, ich antworte, ich frage, sie antwortet, es ist das Wechselspiel des Lebens.

Außerdem ist sie zweifelsohne eine Augenweide und ich bin nicht abgeneigt, meine Krankheit noch ein wenig hinauszuzögern, um mit ihr den vertrauten Umgang fortsetzen zu können. Auf meine Fragen nach ihren Lebensumständen antwortet sie frei auf. Sie spricht sehr ungezwungen mit mir, was mich ein wenig irritiert. Vielleicht kommt es daher, dass sie hier kaum Fremde sehen. Wo im Übrigen ihre Mutter steckt, ist mir noch nicht klar geworden. Tot? Verbannt? Fortgelaufen? Alles ist möglich. Mir scheint, die Menschen nehmen hier alles hin, wie es gegeben ist, und zwar mit einer geradezu absurden Frömmigkeit, ob es sich nun um den Fischfang, die Schafschur oder das Menschliche handelt. Es ist ein naiver Zug in ihnen, der mir im Moment sehr entgegenkommt. Hier leben sie so, wie es ist: der Himmel weit, die Hügel aus Stein, das Meer voll Grauen und das Wohlergehen hängt von dir allein ab.

Die Inselbewohner machen wenig Worte um das, was sie tun, und erledigen ihre Pflichten langsam, aber stetig. Sprache und Gesten setzen sich fort wie die feinen Wellen, die auf den Lochs treiben. An sich sind sie zart und bewirken wenig, im Laufe einiger Jahrhunderte aber vermögen sie doch durch ihr ewiges Graben und Umwälzen Dinge ans Licht zu bringen, die ungreifbar schön sind.

Es liegt eine Stille über den Inseln, die verschieden ist zu unserem Leben. Ich glaube, die Stille reinigt.

Dein Felix

vier

»Wo warst du, Junge? Wir brauchen hier jede Hand«, fragte ihn sein Vater nach diesem unangenehmen Blick, der kein Ende nahm.

»Es tut mir leid«, sagte Ian.

»Es tut dir immer leid.«

Ian wusste, dass sein Vater recht hatte und sah zu Boden.

Seine Mutter hätte sofort bemerkt, dass etwas Besonderes passiert war, aber sein Vater hier, nein, er bemerkte nichts. Ian musste ihm schnell von den Figuren erzählen.

Timothy stach seine Schaufel bereits wieder tief in die feuchte Erde, schaufelte mit sturer Miene und deckte das schwarze Erdreich auf.

Ian hätte hier sein müssen. Doch es zog ihn fort. Er wollte sie nicht sehen, immerzu die schwarze Erde, die schwarzen Augen seines Vaters. Er wollte nicht eingefangen werden von den dunklen Gedanken, die sich überall ausbreiteten und die Dinge leblos hinter sich ließen.

Früher gab es Farben. Sie verteilten sich über Ians Tage wie Regentropfen, die ihm erfrischend vom Wind ins erhitzte Gesicht geweht wurden.

Ian holte Luft. So tief, dass sein Vater aufsah.

»Was ist, Junge?«, fragte er. »Warum stehst du hier herum? Sieh zu, dass du Arbeit in die Hand nimmst.«

»Ich habe etwas gefunden am Strand.«

»Irgendetwas findest du immer.« Sein Vater sprach mit müder Stimme und fuhr unbeirrt mit seiner Arbeit fort. Einstechen, hebeln, schaufeln.

»Vater, dieses Mal ist es wirklich etwas Besonderes.«

Und in diesem Moment war Ian seinem Vater dankbar, wie er sich nun zu ihm herunterbeugte, die rechte Hand locker auf die Schaufel gestützt, und ihn ansah. Die Traurigkeit war für einen Moment verschwunden.

Ian holte hastig Luft: »Es sind Figuren, Vater. Viele verschiedene Figuren. Ich glaube, es sind Familien, die sich treffen, vielleicht wollen sie eine Hochzeit feiern oder eine Beerdigung. Komm mit, ich zeige dir, wo ich sie versteckt habe.«

Beinahe hätte er vor Ungeduld an der Hand seines Vaters gezogen wie ein kleines Kind. Doch sein Vater stach die Schaufel so fest in die Erde, dass sie dort stecken blieb, und nahm Ian dann selbst an die Hand.

In der Regel gab es keine Berührungen zwischen ihnen. Ian fühlte, wie die raue Innenseite der Hand seines Vaters sich an seine schmiegte. Zwischen ihren Handflächen war warme, trockene Luft.

»Jetzt zum Strand? Und wer macht die Arbeit hier?«

»Ich helfe dir nachher, ganz bestimmt! Jetzt müssen wir die Figuren holen, komm mit, bitte.«

Sein Vater seufzte einmal, aber dann ließ er sich von Ian mitziehen.

Schnell waren sie am Strand. Timothy machte große Schritte. Ian führte ihn zu dem kleinen Sandhügel, unter dem er die Figuren in der Steinhöhle verborgen hatte. Er kniete sich in den Sand und grub hastig mit beiden Händen die Höhle frei, sah von oben auf die Figuren herab und war glücklich, sie wohlbehalten zu sehen.

»Schau!«, sagte er und zog seinen Vater neben sich.

In dem Moment, in dem sie die Figuren betrachteten, war ein sanfter Frieden um sie. Ian und sein Vater holten umsichtig eine Figur nach der anderen aus dem kleinen

Versteck. Jede hoben sie einzeln hinaus ans Licht, begutachteten sie, prüften ihren Ausdruck, ihre Eigenart.

Manche Figuren legten sie ohne längeres Verweilen fort. Andere behielten sie lange in den Händen, machten sich gegenseitig auf kleine Details aufmerksam und strichen vorsichtig über die verschnörkelten Rückenlehnen der Stühle, auf denen einige Figuren saßen. Die Haare einer Figur, eines Mannes, lagen in dicken Strängen auf seinem Rücken, wie kompakte Teigstreifen, die ein Bäcker zu einem kunstvollen Gebilde zusammenfügen und in den Backofen schieben würde. Die weiblichen Figuren trugen Tücher unter ihren Kronen, die mit einer Lochstickerei verziert waren.

»Das hier ist Tom O'Donelly«, sagte Ian und zeigte seinem Vater einen Krieger mit spitzem Helm. »Er wollte unbedingt zu dem Fest, doch jetzt bereut er es und möchte so schnell wie möglich nach Hause.«

»Doch Father Ambrose verbietet es ihm«, antwortete sein Vater und stellte einen Priester neben den Krieger. »Er muss seinen Dienst erfüllen.«

Nun gaben sie jeder Figur einen Namen. Sie kamen darauf, sie einander zuzuordnen, legten die, die sich ähnlich sahen, zueinander und zählten sie. Sie wussten beide nicht, ob es besser war, viele Figuren der gleichen Sorte zu haben oder nur ein paar wenige. Es waren 78 Figuren.

Am Abend trugen Ian und sein Vater die Figuren in einem Korb nach Hause. Ian war zum dritten Mal an diesem Tag den Weg gelaufen, um den großen Korb, den seine Mutter zum Transportieren von Hölzern verwendet hatte, zu holen.

Er fasste ihn gern an. Er fühlte am Griff, den die Hand seiner Mutter umschlossen hatte, noch immer die Wärme ihrer Haut, stellte sich vor, dass ihre Hand immer noch um den Henkel gelegt sei und er seine eigene nur darüber zu legen brauchte, um ihr nah zu sein.

Ian hatte sich über all die Jahre, die nach dem Tod seiner Mutter verstrichen waren, viele kleine, alltägliche Handlungen bewahrt. Sie alle führten ihn zu seiner Mutter.

So bürstete er sich die Haare mit ihrer Bürste, obwohl für ihn der grobe, schwarze Kamm des Vaters ausgereicht hätte. Seine Mutter hatte ihm erzählt, wie ihre Schwester ihr die Bürste zur Hochzeit geschenkt hatte. Diese Geschichte hörte er immer in sich, wenn die Borsten durch sein Haar fuhren. Die Schwester seiner Mutter hatte gesagt, dass sie immer auf ihr Haar achtgeben solle. Sonst würde es schnell verfilzen bei dem Wind, der hier auf der Insel herrschte. Die Mutter hatte sich jeden Abend damit ihr langes Haar gebürstet. Ian hatte von seinem Bett aus zugesehen. Manchmal hatte sie leise gesummt, um ihn einzuschläfern.

Meistens ging er, wenn er nach Hause kam, noch einmal um das ganze Haus, um am Küchenfenster vorbeizukommen. Ian hatte sich früher rasch versteckt, wenn er hörte, wie seine Mutter das Fenster öffnete. Das Fenster knirschte in seinem Rahmen und es dauerte, bis sie es ganz aufklappen konnte, weil es sich gerne verhakte. Sie lehnte sich weit hinaus und erst dann rief sie mit ihrer starken, schrillen Stimme. Das tat fast ein wenig weh, wie wenn sich ein drahtiger Angelhaken in seinem Ohr verfangen würde. Wenn sie daran zog, musste er kommen.

Heute war er nicht am Fenster vorbeigegangen. Er wollte schnell wieder zum Strand. Sie sammelten die Figuren ein, die sie um sich ausgebreitet hatten, und stapelten sie vorsichtig in den Korb. Ian hatte Sorge, dass sie zu eng aneinander lagen, und auch sein Vater war nicht zufrieden.

»Wir können ein bisschen Moos holen«, sagte Ian. »Dann liegen sie weicher.«

»Das ist gut.« Ians Vater fasste ihn am Oberarm und sah ihn an. »Das ist gut.«

Ian lief zu den Felsen und schabte Moos von den Steinen. Für die Figuren war das genau das Richtige. Sie holten alle wieder aus dem Korb und umwickelten jede einzelne mit einer faserigen Schicht Moos. Dann legten sie die Figuren sorgsam wieder zurück.

Ians Vater fasste den Korb und Ian legte seine Hand darüber. Das war fast so, als wäre seine Mutter da. Sie setzten ihre Schritte mit Bedacht und blieben still.

Zuhause waren sie unsicher, was sie mit den Figuren machen sollten.

»Wir lassen sie einstweilen im Korb«, sagte sein Vater.

Ian war nicht einverstanden. Die Figuren wollten sicher nicht wieder in der Dunkelheit liegen. Wer wusste schon, wie lange sie am Strand eingegraben gewesen waren? Aber er wagte keinen Widerspruch.

Sein Vater ging zum Herd. Er schürte das Feuer und setzte Kartoffeln auf.

»Schneide ein paar Scheiben Brot und stell die Teller hin«, wies er Ian an. Ian griff nach dem großen Brotschneidemesser. Sein Vater nahm einen weiteren Topf, füllte ihn mit Wasser und setzte ihn neben die Kartoffeln auf das Feuer. Er holte den Tee aus der kleinen Metallbüchse, die auf dem schmalen Sims über dem Herd stand, und stellte die Kanne daneben.

Nachdem sie gegessen hatten, fragte Ian seinen Vater, ob er die Figuren wieder auspacken sollte. Timothy sah ihn an.

»Warum nicht?«, erwiderte er und Ian nahm mit der gleichen Sorgfalt, mit der er sie umwickelt hatte, das Moos ab und stellte eine Figur nach der anderen auf den Boden. Erst baute er eine Reihe, merkte dann aber, dass sie zu lang wurde, um in das Zimmer zu passen. Also begann er Kurven einzuplanen, wich den Stühlen aus, umrundete den ganzen Tisch, sodass sich die Figuren schließlich in einem großen Kreis um Tisch und Stühle wiederfanden. Timothy saß mittendrin. Ian setzte sich auf den anderen Stuhl und so sahen sie von oben auf die Figuren herab.

Ian fielen noch mehr Unterschiede auf, als er zuvor wahrgenommen hatte. Er verglich die Helme und Schilde der Ritter miteinander und die Hüte der Priester. Er sah, wie sich ein König mit angespanntem Gesicht nach vorn beugte, das Schwert vor sich mit beiden Händen gefasst. Er untersuchte, wie die Gewänder in Falten lagen und wunderte sich über die unterschiedliche Größe der Ritter mit Pferd. Die Gestik der Königinnen hingegen glich sich. Eine Hand war stets an die Wange gelegt, einige hatten jedoch ein kleines Horn in der anderen Hand, andere stützten die eine Hand an der Wange mit der anderen. War es Sorge, die ihre Gesichter widerspiegelte? War es Ärger über das, was sie sahen? Oder waren sie einfach nur traurig? Ian konnte es nicht unterscheiden.

Er nahm eine der Königinnen in die Hand. Jetzt erkannte er, an wen sie ihn bereits zuvor am Strand erinnert hatte, weswegen sie ihm bekannt vorkam. Sie sah nicht aus wie seine Mutter, aber etwas in dieser Geste, der sanft an die

Wange geschmiegten Hand, das hatte er auch von ihr gekannt.

Und auch der Blick: der intensive, durchdringende und trotzdem warme Ausdruck der Augen. Der Blick, die Gestik: Sie war da. Die Mutter war da.

Was auch immer geschah, was es auch sein mochte, sie war da.

Ian stellte die Königin zurück und sah zu seinem Vater.

»Was, meinst du, machen sie?«, fragte er.

»Ich kann es nicht sagen«, antwortete der Vater.

Ian konnte sehen, dass er ratlos war.

»Und was wollen wir mit ihnen tun?«, fragte er weiter. Sein Vater sah auf ihn herab.

»Können wir sie behalten?« Vorsichtig blickte Ian auf. Er wollte aufstehen und noch einmal die Hand seines Vaters halten wie auf dem Rückweg. Seit sie im Haus waren, hatte sein Vater nicht viel gesprochen; er saß erschöpft auf seinem Stuhl, die Beine von sich gestreckt.

Ian wusste, was jetzt gleich geschehen würde. Sein Vater würde ihn ins Bett schicken und selbst ins Webhaus gehen. Er würde sich dort an den Webstuhl setzen, bis auch er ins Bett ginge. Das mechanische Klappern des Webstuhls begleitete Ians Schlaf seit sechs Jahren. Es mischte sich in seine Träume, verwandelte sich in das Geräusch der Wellen am Bug eines Schiffes, das mit schneller Fahrt durch das Meer pflügte, es spiegelte den einsetzenden Regen während des schönsten Spieles wider, es klopfte als Herzschlag in seiner Brust.

»Du gehst jetzt ins Bett«, sagte sein Vater.

Ian seufzte. Er drehte sich um die eigene Achse, ließ sich auf den Boden sinken und kroch auf allen Vieren im Kreis um die Figuren. Als er von seinem Vater abgewandt war, nahm er den Krieger, den er zuerst gefunden hatte, umschloss ihn mit Hand, stand auf, sagte dem Vater gute Nacht und ging leise aus dem Zimmer.

August, 1829

Liebste Fanny,
mein erster (aufrechter) Gang führte mich in die Gaststube hinunter.

Die Gespräche verstummten, ganz wie vor einem Konzert, nur nicht so erwartungsvoll. Catherine begleitete mich, denn ich bin doch noch sehr schwach, und geleitete mich zu einem Tisch nahe der Theke, der mir jetzt wohl für den Rest meiner Zeit hier zusteht. Mr McDonald brachte mir Porridge, von dem ich mir ein wenig zuführte, ohne dass etwas Nennenswertes geschah. Das stimmt mich optimistisch und lässt mich hoffen, dass diese leidige Sache endlich ausgestanden ist.

Es sind wohl hauptsächlich Fischer, die hier verkehren und sich ein Gläschen vom hauseigenen Whisky einschenken lassen. Es scheint keine Rolle zu spielen, wann man Whisky trinkt, ob am helllichten Tag oder erst bei Dunkelheit. Die Gesichter der Männer sind herb und fest, kantig, bucklig wie die Hügel ringsum. Die Haare wild und borstig, unter den Augenbrauen könnte man Dörfer bauen. Man weiß nie, wann sie das Wort an einen richten. Eventuell entspinnt sich ein Gespräch, das mit vielen »Ayes« einhergeht. »Aye, der Fang war gut.« - »Der Bursche hatte vier Pfund.« - »Aye.«

Wenn Fragen an mich gerichtet werden, was ich hier tue und treibe, bleiben sie sehr gelassen. Bald werden hier einige Musiker zusammenkommen. Die Musik schafft in dieser abgeschotteten Welt den Zusammenhalt zwischen allen in ihr lebenden Wesen.

Mr McDonald schickte mich zum Strand. Er meinte, ich müsse an die frische Luft, um wieder zu Kräften zu kommen. Ich bin mir nun fast sicher, dass Ms McDonald das Zeitliche gesegnet hat, denn Mr McDonald übernimmt die weibliche Fürsorge doppelt und dreifach und dehnt sie auf mich aus. Die schöne Catherine soll mich begleiten, was mir nur recht ist. Ich bin mir nicht im Klaren darüber, wie ich sie aus ihrer Deckung locken und das Abenteuer voranbringen kann. Ein Spaziergang scheint mir jedoch ein guter Anfang zu sein.

Die Männer in der Gaststube sahen mich finster an, als wir aufbrachen. Vielleicht möchten sie alle mit Catherine an die Luft gehen. Doch ich werde mich über ihren Unmut hinwegsetzen und ein paar Schritte wagen.

Felix

fünf

Timothy ging nicht nur ins Webhaus, um zu weben. Es war vielmehr die Zeit, die er mit Mary verbringen konnte.

Nun setzte er sich schwer auf die schmale Bank, streckte sich, stellte seine Füße auf die Pedale und zog an der Kette, die den Webstuhl in Gang brachte. Das Klackern der Mechanik setzte ein. Timothy ließ die Schnüre vor sich zu Mustern zusammenlaufen, sah zu, wie sie aufeinandertrafen und sich die Farben verwoben. Nach einigen Minuten der Stille und Konzentration gab er die Arbeit, die ihm in all den Jahren in Fleisch und Blut übergegangen war, an seine geübten Hände und Füße ab. Er hörte nicht mehr auf die Geräusche des Webstuhls, sondern richtete seine Aufmerksamkeit nach innen.

An manchen Tagen vernahm er sie. Dann sang sie leise Lieder, die er nicht kannte. Oder sie atmete ihre kleinen, rasch aufeinander folgenden Atemzüge, die ihm vertraut waren. Er saß da, lauschte und nahm den Klang in sich auf.

Vor ihm entstand nach und nach ein schlichtes, kariertes Muster in Grün und Blau. Timothy achtete darauf, dass ihm die Farben nicht in den Augen schmerzten.

Am liebsten wollte er nur noch weben. Während er webte, versiegten in ihm die Gedanken und die Sorgen.

Seit sechs Jahren ging er jeden Abend in das Webhaus. An vielen Tagen hörte er nichts. Es lag nicht in seiner Hand. Entweder sie kam oder sie kam nicht. Trotzdem fühlte er sich ihr am Webstuhl stets nah, und er wollte es nicht missen, hier zu sein. Mary selbst war keine große Weberin gewesen. Sie hatte sich bemüht, es ihm gleich zu tun, um zu ihrem Unterhalt beizutragen. Sie war stolz, als sie die ersten

Meter fertiggestellt hatte und sie den Stoff zu Martha bringen konnte. Martha geizte nicht mit ihrem Lob und von da an saß Mary regelmäßig am Webstuhl. Sie wurde zusehends geschickter, war aber oft zu abgelenkt, um in den Rhythmus zu finden, der den echten Webern eigen ist.

Heute hörte er sie gleich. Die Stimme kam von hinten; sie floss als angenehmer Schauer über seinen Rücken. In ihrem Atem lag Wärme. Er fühlte sich wie in dichtem Nebel eingehüllt, eine satte Wolke, in der er so lange verweilen wollte wie möglich. Hier war der Platz, an dem er sich ganz fühlte. Er kostete die Berührung aus, als ob sie tatsächlich geschähe.

Marys Stimme entfernte sich und brandete wieder auf. Sie durchströmte seinen Körper wie eine Lichtwelle, die den Zorn und die Angst mit sich fortspülte und ihn für kurze Zeit unbeschadet zurückließ.

Nun konnte sich Timothy gestatten, an die Figuren zu denken. Er wusste, dass er etwas mit ihnen unternehmen musste. Er schlug die Fäden umeinander, bewegte die Pedale auf und ab. Vielleicht gehörten sie jemandem, der sie verloren hatte. Timothy kannte die Leute auf der Insel; er hätte gewusst, wenn jemand von hier sie suchte. Wie lange sie wohl schon am Strand lagen? Warum hatte sie niemand gefunden?

Was waren das für Figuren? Wozu waren sie gut?

Und was hatte Ian am Strand verloren?

Der Stoff fügte sich zusammen; Reihe um Reihe spulten sich die Fäden vor seinem Auge auf. Timothy griff nach dem Kamm und glättete die letzte Reihe.

Er wusste nicht, wen er um Rat fragen sollte.

Mary hatte das Fragen keine Mühe bereitet. Sie wusste, dass sie es lernen musste, und hatte keinerlei Scheu gehabt, sich an andere zu wenden und um Hilfe zu bitten. Die vielen alltäglichen Dinge, die die Inselbewohner bewerkstelligten, ihr aber fremd waren, ahmte sie nach. Sie tat es mit praktischem Sinn. In den Jahren ihrer Ehe war Timothy immer glücklich gewesen, wie sie den Haushalt auf die ihr eigene, leichte Art handhabte.

Hier am Webstuhl aber, in ihrer Gegenwart, kam es ihm nicht einmal in den Sinn, sie um Rat zu bitten. Sie hatten während ihrer Ehe nicht viel gesprochen. Ihr Verständnis füreinander lebte in einem Bereich des Lebens jenseits der Sprache. Es fußte auf einer Verständigung durch Blicke, kurzen Berührungen, denselben Seufzern und dem gemeinsamen Arbeiten im gleichen Atemrhythmus, der ihm jetzt so fehlte.

Sollte er auf das Festland fahren und dort den Händler aufsuchen?

Mr O'Malley kaufte und verkaufte alles, was man brachte und brauchte. Wenn man ausreichend Geld auftrieb, konnte man die eigenen Gegenstände auch wieder auslösen. Mr O'Malleys Unternehmen war eine Mischung aus Pfandhaus und ernsthaftem Handel. An den großen Markttagen trafen sich bei ihm die Händler der Region und zeigten sich gegenseitig ihre kostbaren Schätze, die sie sorgsam hüteten. Es kam sogar vor, dass sich Händler aus Edinburgh und Glasgow auf den Weg machten, um zu sehen, was es im Norden bei Mr O'Malley Neues gab. Mr O'Malley wäre sicherlich hocherfreut, wenn Timothy die Figuren zu ihm bringen würde.

Das Weberschiffchen sauste auf die andere Seite. Timothy wollte sich jedoch vor O'Malley mit seiner Unwissenheit bezüglich des Wertes der Figuren oder auch nur ihres Sinns und ihrer Funktion keine Blöße geben. Das Schiffchen sauste zurück. Jemand musste doch wissen, was das für Figuren waren. Er gab dem Schiffchen neuen Schwung. Mit diesem Wissen könnte er sie dann immer noch nach Ullapool bringen.

Die Figuren waren aus einem harten Material; es war kein Holz.

Timothy konnte sich nicht vorstellen, was man für Werkzeug und Fähigkeiten brauchte, um diese zarten Gestalten zu schnitzen. Wer hatte das getan? Und warum machte sich jemand solche Mühe?

Timothy spürte, wie der Lederriemen an dem Fußpedal sich wieder lockerte. Das Pedal drohte herauszurutschen. Er trat aus dem Webstuhl und kroch unter die Bank. Das Leder war fast durchgescheuert.

Er musste es ersetzen. Er würde Ian morgen den Auftrag dazu geben.

sechs

John Mar war im Pub, als Timothy die Figuren brachte. Das war ein merkwürdiger und folgenschwerer Zufall, denn normalerweise ging John nicht in den Pub. Die Enge dort und die vielen Menschen hielten ihn davon ab. Er mochte es nicht, so dicht gedrängt zu stehen. Es gab immer wieder unabsichtliche Berührungen, die man nicht vorherbestimmen konnte, an den Armen, am Rücken, wenn sich jemand hinter ihm durchdrängelte oder man ihm auf die Schulter klopfte, obwohl er gar nicht gemeint war. Das Geld für den

Whisky legte John direkt auf die Theke; er wollte es Hamish nicht in die Hand geben. Es war laut im Pub und alle sprachen in einem Durcheinander aus Rufen, Lachen und Worten miteinander. Die Gesichter leuchteten im unruhigen Schein der Lampen. Man konnte nicht erkennen, was sie im Schilde führten. Es spielte sich viel zu schnell ab.

Doch heute hatte er kommen müssen; ein diffuses Bedürfnis nach Nähe hatte ihn getrieben, das ihn mitunter überfiel.

John lebte allein im Haus seiner Mutter. Seit sie gestorben war, hatte er niemanden um sich. Martha kam, wenn er drei Tage hintereinander nicht gesehen wurde. Sie klopfte an die Tür, und wenn er nicht sofort öffnete, ging sie zum Küchenfenster, bog ihre Hände, um die Helligkeit auszusperren, und sah zu ihm herein.

Sie sah ihn am gegenüberliegenden winzigen Fenster stehen. John war dünn. Alles an ihm war dünn, mit der Nase könnte man Kuchen schneiden, sagte Martha. Die Finger, die sich wie träge Algen aus der Hand wanden, waren immer in unbestimmter Bewegung, ohne dass sie zupacken konnten oder wollten. Die Leute fragten sich, wie John den Löffel halten konnte, um seine Suppe zu essen. Vielleicht war er deshalb so dünn. Sein Gang war merkwürdig fest, aber ungelenk und steif. Es war ein seltsamer Anblick, ihn gehen zu sehen, die Hände in unablässigem Dahintasten begriffen, ohne an Widerstand zu glauben, die Beine gerade und hölzern, marionettengleich über den Boden schwebend.

Ganz dicht an die Scheibe presste Martha ihr Gesicht, und John konnte es von innen verzerrt erkennen. Ihr Atem hinterließ eine feuchte Spur auf dem Glas. Er kam hinaus, nahm ein Tuch mit, das seine Mutter zum Abwischen des Tisches benutzt hatte, und fuhr immer und immer wieder über die Scheibe, bis er sicher war, dass nichts von ihrem Atem auf dem Glas zurückgeblieben war. Martha sah ihm zu, fragte, wie es ihm gehe und ob er zurechtkomme.

»Ja«, antwortete John.

Martha nahm dennoch ihren Korb auf, ging an ihm vorbei ins Haus, stellte ihn in der Küche ab, legte den Fisch, den sie mitgebracht hatte, auf den Tisch und setzte den Kessel für den Tee auf. Sie fragte ihn weiter aus und erkundigte sich nach den Möwen. John erzählte ihr von der Dreizehenmöwe, die er gestern gesehen hatte, und die wohl noch ein Weibchen suchte.

»Ob sie so spät ihm Jahr noch eines findet?«, fragte Martha, und John konnte ihr von den früheren Jahren berichten, in denen es ebenso gewesen war. Immer hätte sich noch ein Weibchen gefunden, sagte er, und oft habe es dann drei Eier im Nest gegeben.

»Dann ist es gut.« Martha war beruhigt. Sie goss den Tee auf und holte die Becher vom Regal. »Wirst du dir den Fisch heute Abend braten?«, fragte sie.

John bejahte. Er habe noch zu tun, sagte er, und Martha verabschiedete sich.

Er spülte die Becher und brach zu seiner Wanderung auf. Er ging an der Küste entlang über die Hügel, durch das Moor, den Blick zum Himmel gerichtet.

Als John klein war, legte seine Mutter ihn in eine hölzerne Schubkarre, wenn sie auf die Felder ging. Von diesem Platz aus sah er die Vögel über sich hinwegziehen wie kleine, unbeständige Wolkenfetzen, einzeln oder im Verbund. Er sah sie in langen Linien, die den endlosen Himmel durchkreuzten, sich auflösten und zu einer neuen Form zusammenschlossen. Er erkannte Muster in ihren Flugbahnen. Die großen Schwärme zogen einem Schiffsrumpf ähnlich an seinen Augen vorbei. Wie einer interessanten Erzählung lauschend verfolgte John das sich ständig im Wandel begriffene Geschehen. Er blieb dabei ganz still. Seine Mutter hatte keinerlei Mühe mit ihm; sie setzte ihn ab, wo immer sie sich gerade aufhielt, und John begann zu schauen.

Sobald er laufen konnte, stolperte er den Möwen, die sich auf der Klippe aufhielten, hinterher. Er hatte den Zusammenhang der Zeichen am Himmel mit den einzelnen Tieren begriffen und studierte mit großen Kinderaugen die Wölbung des Kopfes, die Krümmung des Schnabels und die merkwürdige Beschaffenheit der Zehen. Er begann, sich ihnen vorsichtig zu nähern, ohne sie zu erschrecken. Er hockte sich zu ihnen, sah, wie die Vögel standen, pickten, fraßen, zankten, sich säuberten. Wann immer es seine Zeit zuließ, beobachtete er die Vögel.

Nach und nach lernte er sie zu unterscheiden und konnte vorhersagen, wo der Brutplatz des Raubmöwenpärchens vom letzten Jahr sein würde. Er versuchte nie, sie zu zähmen oder ihnen die Brut zu rauben. Er sah ihnen nur zu.

John gelang es nicht, Kontakt mit Menschen aufzunehmen; er verstand nicht, mit welcher Art von Sinn das vonstattenging. Als junger Mann fand er größeren Gefallen an den Gefiederfärbungen der Sturmmöwen als an den Kleidern der Frauen. Er konnte den gellenden Schrei der Tiere abschätzen, die unnützen Worte der Menschen nicht. Er beobachtete die Vögel über dem Meer, an ihren Nistplätzen, beim Jagen, beim Brüten, beim Aufziehen der Küken, und vergaß zuweilen, dass es Menschen gab.

Von Zeit zu Zeit fuhr er mit der kleinen Fähre hinaus auf das Festland. Dort streifte er so lange durch die Gassen, bis die Fähre wieder ablegte. Er musste festen Boden unter sich spüren, dem der Inseln traute er nicht.

John lehnte abseits von den wenigen Besuchern des Pubs in einer der dunklen Ecken, wie immer, wenn er in die Bar kam. Sein Whisky stand zwischen seinen Händen, die unruhig um das Glas flatterten. Als Timothy den Korb auf den Tresen stellte und dabei mit lauter Stimme rief: »Seht, was mein Junge gefunden hat!«, rückte auch John entgegen seiner Art neugierig näher.

August, 1829

Liebe Schwester,
die Luft auf den Inseln ist einzigartig. Frei lässt es sich hier atmen; die Glieder werden leicht und der Geist strömt ein und aus. Als wir zu unserem Spaziergang aufbrachen, schloss sich uns ein junger Mann an, hängte sich an uns wie eine Klette, die man nicht vom Rock bekommt.

Zunächst ging er still hinter uns, doch bald holte er auf und begann ein Gespräch mit Catherine, an dem er mich nicht teilhaben ließ.

Catherine ist ein bewundernswertes Geschöpf. Ihr gelang es immer wieder, mich einzubeziehen, was Angus, so hieß der Quälgeist, mit einem unwilligen Knurren quittierte.

Catherine musste Kelp für ihren Vater sammeln, raffte ihre Röcke und stieg mit sicherem Schritt in die See. Ich selbst war froh, dass ich mich auf einen Stein nahe des Ufers setzen konnte und beobachtete die beiden beim Auflesen dieser klebrigen Alge. Catherines Vater schwört auf diesen Zusatz bei einem Getränk, welches mir noch nicht angeboten wurde. »Den Gin probieren Sie, wenn es Ihnen wieder ganz gut geht«, lockte er mich, aber ich bin mir nicht sicher, ob ich, jetzt, da ich den Zusatz sehe, es versuchen möchte. Catherine hatte einen dunklen Bottich dabei, in welchen sie die aufgelesenen Algen warf, und Angus kam immer wieder mit seiner Beute zu ihr gelaufen, wie ein Hund, der Stöcke apportiert.

Catherine ist durch und durch ein Mädchen der See. Ihre Haare flattern im salzigen Wind, umwogen ihren Kopf, wie sich der Seetang in der Meeresbrandung wiegt und seinen eigenwilligen Tanz vollführt. Ihr Körper biegt sich mit einer Geschmeidigkeit, die ihresgleichen sucht. Der Anteil der Knochen scheint in ihrem Leib weniger zu sein als gemeinhin üblich; es kommt mir vor, als bestehe sie aus einer Art festem Wasser.

Angus, der Tor, betet sie an wie eine Göttin. Aber was soll eine Göttin mit diesem Schaf, frage ich dich, außer als Opfergabe?

Während die beiden also das Sammeln dieses glitschigen Auswurfs der See besorgten, beschloss ich, dass Catherine etwas Besseres als diesen plumpen, großäugigen Tollpatsch verdient.

Fanny, du kennst mich besser als ich mich selbst, sage mir, wäre ich nicht ein Narr, so eine Gelegenheit verstreichen zu lassen?

Felix

sieben

Keiner der Anwesenden konnte erkennen, was in dem Korb war, den Timothy auf den Tresen gestellt hatte. Alle waren aufgestanden; die Männer hatten ihre Spielkarten beiseitegelegt und die Gläser in die Hände genommen. Sie bildeten einen weiten Halbkreis um Timothy.

Hamish hatte von seiner Seite des Tresens den besten Blick auf den verhüllten Inhalt des Korbs. Er war es auch, der zu sprechen begann:

»Was hat Ian denn gefunden?« Er stellte einen Krug Bier vor Timothy. »Der Junge hat eine Gabe dafür, besondere Dinge aufzuspüren.«

Mathew, der ewige Nörgler, schnaubte. »Manchmal finden die Dinge ihn, das muss ich schon sagen.«

»Bist du immer noch ärgerlich wegen des Schafes? Das war ein dummer Streich der Jungen, und sie haben ihn bereut.« Hamish lachte.

Seit Mary so krank geworden war, war Ian bei ihnen im Pub ein- und ausgegangen. Er holte ihn mittags zu sich, wenn Timothy unterwegs war, gab ihm Tee und Brote und unterhielt sich mit ihm.

»Immer treibt er sich irgendwo herum, statt seinem Vater zur Hand zu gehen«, grollte Mathew.

»Lass es gut sein, Mathew«, beschwichtigte der rote Stuart. Sein Bart flammte wie Feuer. »Wir wollen sehen, was Timothy mitgebracht hat.«

»Ist es ein Tier?«, fragte Jamie. Jamie mochte alles, was weich und zart war. Stundenlang konnte er seinen Rindern durch das dichte hellbraune Fell streichen.

»Timothy würde uns kein Tier zeigen, du Dummkopf«, schalt Farlan ihn. Sein Bruder stellte immer blöde Fragen. »Es muss etwas anderes sein. Ist es wertvoll?«

Niemand konnte sich vorstellen, was Ian entdeckt hatte.

»Ihr werdet staunen«, sagte Timothy und begann vorsichtig das Tuch zu entfernen, das er über den Korb gelegt hatte. »Ich weiß nicht, ob sie wertvoll sind.« Er stellte einen König auf den Tisch.

Die Männer blickten ungläubig drein.

»Was ist das?«, fragte Jamie. »Spielzeug?«

»Aber so klein und so viel davon?«

»Das ist eine ganze Armee.«

»Warum schauen sie so?«

»Sieh mal, wie sie aussehen!«

»Ist das ein Priester?«

Sie sprachen alle durcheinander und reckten die Hälse.

»Wo hat Ian sie gefunden?« Hamish nahm zögernd eine Königin in die Hand. »Schaut sie euch nur an. Über was sie wohl nachdenkt?«

Callum, der Mann von Martha, schob sich vor. »Ich weiß, was das ist. Das sind Schachfiguren.«

Er ergriff einen König, nahm die Königin aus Hamishs Hand und stellte sie nebeneinander. »Das sind König und Königin. Sie müssen verteidigt werden. Jetzt kommen die Bischöfe, dann die Reiter und die Krieger.« Während er sprach, stellte er die Figuren in der besagten Reihenfolge nebeneinander auf. »Davor die gemeinen Soldaten. Ich glaube, das sind diese Figuren.« Callum nahm die kleinen, länglichen Steine auf, welche wie abgerundete Zinnen einer Burgmauer geformt waren, und von denen es etliche gab. Er brachte sie in erster Reihe in Position.

»So«, sagte er. »Jetzt auf der anderen Seite das Gleiche.«

Die Männer sahen ihm stumm dabei zu, wie er neue Figuren aus dem Korb nahm und sie nach eingehender Betrachtung den anderen gegenüberstellte.

»Woher weißt du das?«, fragte Timothy endlich.

Er hatte vom Schachspiel gehört, aber nie eines gesehen.

»Als Erin noch hier war«, Callum warf einen scheuen Seitenblick zu Hamish, »als Erin noch hier war, kam sie oft zu Martha, um über die Stoffe zu sprechen. Wenn Martha unterwegs war, saßen wir zusammen und sie hat mir das Schachspiel beigebracht. Sie sagte, sie hätte es mit ihrem Vater gespielt.«

»Was hattet ihr für Figuren? Waren es diese hier?«

Timothy war alarmiert. Hatte Ian die Figuren gestohlen? War er bei Callum und Martha eingebrochen? Aber er hatte doch selbst gesehen, wie Ian sie aus der Höhle am Strand geholt hatte.

»Oh nein!« Callum lachte. »Wir hatten ganz kleine aus Holz, die Erin in einer Schachtel, die man gleichzeitig als Spielbrett verwenden konnte, mitgebracht hatte. Sie waren schwarz und weiß. Hier fehlt das Spielbrett. So ein Brett ist viereckig und in kleine Quadrate aufgeteilt.

Die Gegner stehen sich am Anfang gegenüber, dann rücken sie immer weiter vor. Jede Figur fährt nach bestimmten Mustern nach vorne.«

»Ich verstehe nicht, wovon du sprichst«, sagte Jamie und sah auch entsprechend aus.

Stuart sah Jamie an. »Mach langsam, James.« Er klopfte ihm auf die Schulter. »Auch wir anderen wissen nicht, worum es geht. Callum wird es uns erklären.«

Callum ließ die Figuren stehen, rückte einen Tisch in die Mitte des Raumes und stellte zwei Stühle einander gegenüber. Er fragte Hamish, ob er ein Stück Kreide haben könne, und zeichnete ein großes Viereck auf den Tisch. In das Viereck zog er sieben Linien senkrecht und sieben Linien waagerecht, sodass sich kleine Quadrate bildeten.

»Nun malen wir jedes zweite Kästchen aus, sodass ein regelmäßiges Muster entsteht.«

Die Männer sahen ihm verblüfft bei seinen Verrichtungen zu.

Callum malte mit Hingabe jedes zweite Feld aus, wobei man sah, dass die Felder nicht gleichmäßig groß waren. Das ärgerte Callum, und er versuchte, es auszugleichen.

»Sie müssen ganz gleich aussehen, sonst sieht man das Muster nicht.«

Als er schließlich jedes zweite Quadrat mit seiner weißen Kreide gefüllt hatte, war er einigermaßen zufrieden. »So«, sagte er. »Jetzt kommen die Figuren. Timothy, reich mir den König. Wir nehmen an, dieser König hätte die Farbe Weiß. Dann wird er auf dieses Feld platziert.«

Er überlegte, seine Hand schwebte mit der Figur über der äußersten Reihe des Spielfelds, bevor er den König schließlich auf ein bemaltes Feld in dessen Mitte abstellte.

»Daneben kommt die Königin, wie wir uns denken können. Dann werden ihnen die Bischöfe zur Seite gestellt, die den König und die Königin jeweils flankieren, genau wie die Ritter mit den Pferden und die Krieger. Davor die Soldaten, die hier in diesem Spiel nicht einmal für würdig erachtet wurden, eine Figur darzustellen. Auf der gegenüberliegenden Seite nehmen die Gegner die gleichen Plätze ein.«

Er stellte die Figuren auf. »Von diesen hier denken wir uns, sie hätten die Farbe Schwarz. Sie sehen dunkler aus.«

»Das ist uns auch aufgefallen. Wir wussten nichts damit anzufangen«, murmelte Timothy.

»Die Farbe ist verblichen. Wahrscheinlich war sie früher kräftiger. Aber wir werden sie unterscheiden können, das ist die Hauptsache«, antwortete Callum.

Nachdem er alle Figuren angeordnet hatte, sah er von oben auf sie herab. »So ist es richtig. Jetzt setz dich, Timothy, und wir spielen eine Partie. Wir spielen jetzt gegeneinander, das heißt, du versuchst, mit deinen Figuren meine zu schlagen.«

»Ich schlage deine Figuren?« Timothy war verblüfft.

»Nein, du schlägst sie nicht, du nimmst sie mir ab, indem du deine Figuren so ziehen lässt, dass sie meine besiegen und aus dem Spiel genommen werden.«

Der verdutzte Timothy wurde auf den Stuhl geschoben, und Callum setzte sich ihm gegenüber. »Du beginnst, weil du die weißen Figuren hast. Du kannst mit den normalen Soldaten folgende Züge machen …«

Während Callum Timothy und den anderen die einzelnen Züge erklärte und sie in die Grundregeln des Schachspiels einführte, hatte John sich in die erste Reihe der Umstehenden gedrängt. Das Muster des improvisierten Schachbretts gefiel ihm. Er sah die zunächst harmonische, spiegelbildliche Aufstellung der Figuren und wie sich allmählich, je mehr Züge die beiden Männer tätigten, aus der anfänglichen Symmetrie andere Formen und Muster bildeten. Es war ein langsames Sich-Entfalten der Linien in einzelne Stadien des Übergangs, und doch schien es John, als sei jeder Wechsel eine wichtige Wegmarke, die durch ihr Dasein, durch das Beschreiten des Weges, erst zu ihrem Sinn geführt wurde.

John behielt alles, was Callum ihm erklärte. Er wurde ungeduldig, da Timothy oft nachfragen musste, und war erbost, wenn Jamie zwischendurch mit Stuart tuschelte, weil er, John, dann nicht verstand, was Callum sagte. Er verfolgte das Spiel genau und erkannte bald, wie man die Wege der Figuren vorbereiten konnte, um dem Gegner eine Falle zu stellen, und ihm weitere Figuren abzunehmen. Die Figuren, die ausscheiden mussten, standen neben dem Brett. John sah ein wenig verächtlich auf sie herab. Sie waren geschlagen worden, weil sie sich nicht richtig verhalten hatten, nicht genug darüber nachgedacht hatten, wie sie ihrem König besser hätten dienen können. Als Callum das erste Spiel für beendet erklärte, war der weiße König besiegt und lag umgestürzt auf dem Feld.

Die Männer blickten auf das Schachbrett.

»Und das war es jetzt?«, fragte Mathew.

»Ja, das war's. Ich habe Timothy besiegt. Es ist ein strategisches Spiel, versteht ihr?«, erwiderte Callum.

»Nein«, sagte Jamie.

»Es geht darum, Umsicht und Weitblick zu entwickeln. Man muss sehen können, was der Gegner vorhat, und gleichzeitig einen eigenen Plan verfolgen und versuchen, diesen in die Tat umzusetzen.«

»Aye!«, sagte Stuart. »Es geht um Unerschütterlichkeit.«

»Wenn du es so nennen willst.« Callum sah sich um. »Möchte noch jemand eine Partie spielen?«

Zu aller Erstaunen erhob John die Stimme. »Ja.«

»Mach Platz, Timothy!«, sagte Stuart und zog ihn am Ärmel.

Timothy stand auf, woraufhin John seinen Platz einnahm. Er fing an, die Figuren in der richtigen Reihenfolge auf seiner Seite des Bretts aufzustellen.

»Du hast dir das alles gemerkt?«, fragte Jamie ungläubig.

»Pst«, machte Stuart. »Lass ihn in Ruhe.«

John hatte alle Figuren in Position gebracht und wartete auf Callums Zeichen zum Start. »Weiß beginnt«, sagte Callum und John zog einen weißen Soldaten zwei Felder nach vorn.

Noch immer standen die Männer um den Tisch. Sie bemerkten Callums Zögern und fragten sich, warum er so lange nachdachte, während John seine Züge einen nach dem anderen ohne Zaudern setzte.

»Was ist los, Callum?«, fragte Hamish.

»Ich muss überlegen, sei still«, antwortete Callum.

Timothy stand unschlüssig am Tisch und verfolgte die Partie. Er hatte nicht damit gerechnet, dass die Figuren Spielsteine darstellen könnten. Ian würde sich freuen. Vielleicht konnte Callum ihm ebenfalls die Spielregeln erklären. Dann könnte er mit Ian abends spielen und sie hätten im Winter einen gemeinsamen Zeitvertreib. Timothy hatte nicht alle Regeln verstanden. Das erste Spiel hatte Callum im Grunde allein gespielt, aber jetzt sah Timothy, wie John nur einmal fragte, ob die Reiter tatsächlich über andere Figuren hinwegspringen konnten. Es musste also zu lernen sein.

John saß aufrecht, schaute nicht auf, hielt die Augen ständig auf das Spielfeld gerichtet. Callum nahm ab und zu einen Schluck Bier, kommentierte das Geschehen und erläuterte den anderen die Züge. Er besiegte John nach kurzer Zeit und wartete unsicher dessen Reaktion ab; wusste man doch nie so recht, wie John sich verhalten würde. John sah auf das Schachbrett.

»Mach dir nichts draus, John«, sagte Stuart. »Niemand kann solch ein kompliziertes Spiel sofort gewinnen.«

»Ja«, sagte John und stand auf.

»Willst du weiterspielen?«, fragte Callum.

»Ist das denn möglich? Ich habe doch verloren.«

»Wir könnten ein neues Spiel wagen.«

Es geschah selten, dass sich Johns ausdruckslose Gesichtszüge aufhellten. Doch als er sich auf den Stuhl zurückfallen ließ, huschte kaum merklich ein Lächeln über sein Gesicht.

Jeden Abend kamen die Männer nun in Hamishs Pub zusammen, um Schach zu spielen. Ians Fund umfasste, nachdem alle Figuren einmal aufgestellt worden waren, insgesamt zwei vollständige Figurensätze, sodass unter Callums Anleitung vier Männer gleichzeitig spielen konnten. Die übrigen, einzelnen Figuren wanderten von Hand zu Hand, wurden immer aufs Neue bestaunt, bis es Farlan einfiel, dass man auch selbst Figuren herstellen könnte, damit mehr Männer spielen konnten.

Jamie, der sich die Regeln des Spiels einfach nicht merken konnte, stellte sich dafür als geschickter Schnitzer heraus. Zwar sahen die neuen, hölzernen Figuren den gefundenen nicht annähernd ähnlich, aber jeder wusste, welche Spielfiguren sie verkörpern sollten. Bald hatten sie vier vollständige Spielsätze.

Auch die Frauen kamen, um sich alles anzusehen. Martha seufzte. Sie erinnerte sich noch gut an die Zeit, in der Callum und Erin versunken vor dem Spiel saßen, obwohl die Abrechnungen für die Stoffe warteten.

Ihr gefielen die Figuren jedoch so gut, dass sie unter den Spielbrettern, die inzwischen gebaut worden waren, Stoff anbrachte, sodass das Brett nicht mehr verrutschen konnte.

Einige der Frauen wurden vom um sich greifenden Schachfieber angesteckt, und manche Eheleute bekamen sich ernstlich in die Haare, wenn sich die Frau als verständigere Spielerin als der Mann erwies.

John konnte vom Schachspiel nicht genug bekommen. Abend für Abend saß er unter den Leuten, spielte oder ging herum, wenn alle Plätze besetzt waren, und beobachtete die Spieler und die wundersamen Begegnungen auf dem Brett. Bald galt er als der bewandertste Spieler. Die Männer waren plötzlich der Meinung, dass er doch kein so schlechter Kerl sei, jetzt, da er häufiger unter ihnen weilte. Sie fragten ihn um Rat, und er gab mit leiser Stimme Anweisungen, die sie befolgten.

Natürlich gab es Streit. Da allein Callum, und auch er nur unzureichend, die Regeln kannte, fiel es manch einem ein, selbst Spielzüge zu erfinden, wobei jedes Mal lautstark verkündet wurde, man wäre »vollkommen sicher, dass das eine allgemein gültige Schachregel sei«. In einem anschließenden, hitzigen Wortgefecht zwischen den Spielern wurden nicht selten sämtliche Spielfiguren vom Tisch gefegt. Einmal sprang Jamie aufgrund einer derartigen Auseinandersetzung vom Stuhl auf, ergriff sein Glas und schüttete seinem Kontrahenten dessen Inhalt mit den Worten »Und das ist eine allgemein gültige Pubregel« ins Gesicht. Andere gingen dazwischen, fragten, besänftigten, holten Callum heran, der die neue Regel schließlich als völlig aus der Luft gegriffen beanstandete. Nur langsam beruhigte man sich wieder.

Schach war nicht jedermanns Sache.

Nach einer Woche nahm Timothy Ian mit in den Pub. Der Junge lief aufgeregt in der Schankstube umher, ruckelte an den Spielbrettern, sodass die Figuren wackelten und die Spieler ihn ärgerlich davonscheuchten, und rannte von Tisch zu Tisch, um seine Figuren zu begrüßen.

Endlich setzten sie ihn auf einen Stuhl und Callum begann, ihm das Spiel zu erklären.

Ian verstand schnell, wie die Figuren zu ziehen waren. Er empfand eine eigenartige Mischung aus Freude und Ärger, weil seine Figuren nun von allen gekannt und benutzt wurden. Sie hatten Aufgaben, die nicht er ihnen zugeteilt hatte, sondern irgendwelche fremden Menschen, die er noch nie gesehen hatte. Ob es den Figuren recht war, dass sie durch so viele Hände gingen? Wurden sie nicht irgendwann müde und wollten unter sich sein? Wollten sie nicht ihren eigenen Angelegenheiten nachgehen, ohne ständig unter Beobachtung zu stehen? Sicher, in den Kästchen, die Stuart zu ihrer Aufbewahrung gezimmert hatte, waren sie geschützt. Aber Ian hätte sie lieber alle an der Luft aufgestellt, im großen Kreis, wie damals am ersten Abend in ihrer Küche.

Sie wollten bestimmt miteinander sprechen.

»Hast du alles verstanden?«, fragte Callum, nachdem sie die Partie beendet hatten. Ian nickte, stand auf und ging zu Hamish an die Theke.

»Gefällt dir das Spiel?« Hamish trocknete mit einem schmutzigen Geschirrtuch ein Bierglas.

Ian nickte zögernd. »Als ich sie fand, dachte ich, dass sie eine große Familie seien. Jetzt sind sie getrennt, in verschiedene Gruppen gespalten, und müssen gegeneinander kämpfen.«

»Eine Familie also, hm.« Hamish brummte.

Ian sah verlegen zur Seite. Er wusste um Hamishs Familie und Hamish wusste um seine.

»Weißt du«, begann Hamish, »wenn man eine so große Familie hat wie deine Figuren, dann ist es ihnen vielleicht auch recht, wenn sie nicht immer alle zusammen sind. Womöglich haben sie auch einmal untereinander Streit, was meinst du?«

Ian sah ihn an.

»Ganz bestimmt sogar!«, sagte Hamish. »Hast du gesehen, wie die eine Königin schaut? Sie findet sicher das Kleid der anderen schöner als ihr eigenes.«

Ian lachte.

»Und diese Reiter. Das sind ganz hochmütige Burschen auf ihren kleinen Pferdchen. Ich würde mich nicht wundern, wenn sie sich manchmal den Königen widersetzen.«

»Meinst du?«, fragte Ian atemlos.

»Ja, das meine ich. Ich habe sie mir genau angesehen. Die führen etwas im Schilde.«

»Die richtigen Krieger werden sich vor den König stellen.«

»Da kannst du sicher sein! Ich hoffe, sie kommen noch rechtzeitig.«

»Meinst du wirklich, sie planen etwas?«

»Man weiß nie, nicht wahr?«, antwortete Hamish.

Timothy hatte sich zu ihnen gestellt. Er schaute unwirsch zu Hamish.

»Was erzählst du da?«, fragte er.

Hamish blickte ihn ruhig an. »Ian hat die Figuren gefunden. Lass uns unser eigenes Spiel spielen.«

»Ian muss lernen, dass er nicht den ganzen Tag spielen kann.«

»Das tut er auch nicht. Gönnst du ihm die kleine Pause nicht?«

Timothy wurde ärgerlich. »Ich bin sein Vater. Und ich werde die Figuren nach Ullapool bringen.«

Ian erschrak. Was sagte sein Vater da? »Warum?« Ian schrie fast.

Im Pub wurde es still. Timothy fand sich ungewollt im Zentrum der Aufmerksamkeit aller wieder und wurde unsicher. »Es muss doch etwas mit den Figuren geschehen. So kann es nicht weitergehen.«

»Warum nicht?« Ians empörter Aufschrei hatte sich in ein weinerliches Flüstern verwandelt.

Die Figuren gehörten ihm, es waren seine Bekannten, seine Freunde. Er hatte sie gefunden und sie hatten ihm einen guten Tag mit seinem Vater geschenkt. Solche Tage waren selten geworden, seit dem Tod der Mutter.

»Vielleicht sind sie etwas wert. Wir könnten das zusätzliche Geld gut gebrauchen.«

»Es geht uns doch gut.« Ian konnte sich nicht beruhigen.

»Ich glaube fast, dein Vater hat recht, Ian.« Hamish, der den Wortwechsel bislang stumm verfolgt hatte, legte Ian die Hand auf die Schulter. »Was sollen wir hier mit den Figuren?« Er sah die anderen Männer an. »Das Schachspielen ist nichts für uns, wenn wir ehrlich sind. Dasitzen und Figuren zu verschieben? Dafür sind wir untauglich.«

Die umstehenden Männer, die dem Verlauf des Gesprächs gelauscht hatten, nickten betreten. Das Schachspiel war ein neuer Zeitvertreib gewesen, aber schon jetzt merkten sie, wie ihr Interesse abflaute. Sie stellten die Figuren nur noch auf, um sich über sie hinweg zu unterhalten. Man machte ein paar Züge, um den Schein eines Spiels zu wahren, aber die Gespräche kreisten um das, was die Männer wirklich beschäftigte.

Die Figuren hatten sich allerdings wieder und wieder in jene Gespräche geschlichen. Man fragte sich, woher sie stammten und wie sie auf die Insel gelangt waren. Einige Männer waren sogar an den Strand gegangen, an dem Ian die Figuren gefunden hatte, um das Rätsel zu ergründen, mussten aber unverrichteter Dinge wieder heimkehren. Weder hatten sie neue Figuren gefunden noch Hinweise bezüglich ihrer Herkunft zwischen den zerklüfteten Felsen und steinigen Stränden entdecken können. Man beratschlagte im Pub, wie man weiter vorgehen könnte, während man scheinbar vertieft über das Schachspiel gebeugt saß. Man nahm die Figuren in die Hand, hielt Zwiesprache mit ihnen, jedoch ohne den steinernen Mienen etwas entlocken zu können. Aber das Spiel als solches fesselte die Männer nicht. Einzig Callum und John lag etwas daran.

Timothy sah sich durch Hamishs Einwurf unvermutet in seinem Vorhaben bestärkt. Er legte Ian bestimmt die Hand auf die Schulter.

»Wir bringen sie nach Ullapool.«

Ian wich zurück. Er schaute seinen Vater mit einem Blick an, der Timothy verstörte und überwältigte. Es war der verwundete Blick Marys, der sich in den Augen seines Sohnes widerspiegelte. Der Ausdruck ihrer Augen, als sie kurz vor ihrem Tod, bereits an ihr Krankenlager gefesselt, mit sich selbst und ihrem Schicksal uneins war, als sie haderte, schrie und sich ängstigte.

Timothy hatte damals hilflos neben ihr gestanden. Und ebenso hilflos stand er auch heute da. Er konnte nur zusehen, wie Ian zur Tür lief, sie aufriss und im Dunkeln verschwand.

London, 2018

»Manchmal sind die Dinge einfach«, stellte Nivas fest.

»Ich habe es versucht mit dem Einfachen«, sagte Susan.

»Was haben Sie gemacht? Doch etwas Illegales? Verbrechen lohnt sich nicht.«

»Sprechen Sie aus Erfahrung?« Sie lächelte wieder, und Nivas war froh darüber. Eine kurze Pause entstand, bevor der Taxifahrer erneut das Wort an Susan richtete.

»Ich bin harmlos, glauben Sie mir. Wie war das mit dem Einfachen? Wie Thoreau vor zweihundert Jahren würde mir eine Blockhütte im Wald genügen.«

»Ja, in der Tat, ein bisschen so, das habe ich gemacht. Ich habe mich eine Zeit lang ganz zurückgezogen. Habe für mich gelebt, kaum mit anderen Menschen kommuniziert, hatte lediglich ein paar Schafe bei mir.«

Nivas sagte feurig: »Das lasse ich nicht gelten. Schafe sind exzellente Unterhalter! Sie sind empfindsam, und ich bin sicher, sie haben Sie erkannt. Sie sind nicht gerne allein.«

»Solche interessanten Diskussionen wie diese konnte ich nicht mit ihnen führen.« Susans Lächeln vertiefte sich.

»Hat es geholfen?«, fragte Nivas. »Mit den Schafen zu leben?«

»Ja, zumindest eine Zeit lang. Doch dann kam eines der Schafe und flüsterte: ›Geh zu deiner Herde, du wirst gebraucht!‹ Und ich tat es.«

»Und haben es bereut.«

»Ja, immer wieder.«

»Ich kann nicht lange ohne andere sein. Was ich brauche, sind ein paar Stunden an jedem Tag für mich, aber ansonsten müssen Menschen um mich sein.«

Susan sah ihn an. Der Taxifahrer machte einen zufriedenen Eindruck auf sie. Seine braunen Augen blickten heiter. »Ich glaube, was ich brauche, ist das richtige Maß, und das scheinen Sie für sich gefunden zu haben.«

»Wer weiß das schon«, erwiderte er, plötzlich ernüchtert. »Wir sind gleich da. Kann ich noch etwas für Sie tun?«

Sie betrachtete ihn. »Wollen Sie mich vielleicht begleiten oder müssen Sie weiterfahren?« Als Nivas nicht antwortete, sagte Susan schnell: »Entschuldigen Sie, wir Engländer sind berühmt für unsere Direktheit.«

Nivas lachte.

»Es wäre schön, wenn ich nicht allein gehen müsste.«

Sie sah in ihre Tasche, kramte nach ihrer Geldbörse, holte sie hervor und drückte ihm einige Scheine in die Hand. Jetzt sah sie wieder sehr jung aus.

»Ich kann mitkommen«, sagte er.

Sie reichte ihm ihre Hand durch die Vordersitze.

»Ich bin Susan.«

»Es freut mich, Susan.«

Er parkte das Auto auf einem Taxiparkplatz und Susan führte ihn zu einem Seiteneingang des Museums. In die Tür war ein Keil eingeklemmt, sodass sie nicht zufiel.

»Ist das nicht ein bisschen leichtsinnig?«, fragte Nivas.

»Sie werden gleich sehen, dass es nicht so einfach ist, hier weiterzukommen.«

Sie gingen durch einen langen Gang. Am Ende waren rechts und links zwei Türen, die weit geöffnet waren. Sofort traten zwei Sicherheitsleute von der Seite an sie heran.

»Hallo, Susan«, sagte der eine. »Wen hast du denn da bei dir?«

»Das ist Nivas. Er ist mein Fahrer.«

»Ich muss ihn durchsuchen.«

»Sicher.« Susan sah Nivas an und der zuckte die Achseln. »Klar, das verstehe ich.«

Der Mann von der Security führte Nivas in das angrenzende Zimmer und schloss die Tür hinter ihnen.

Als sie wieder in den Gang traten, waren die Mienen beider undurchdringlich. »Alles okay«, sagte der Wachmann.

Susan und Nivas folgten weiteren Gängen und gingen eine Treppe hoch.

»Sie müssen so gründlich sein. Hier lagern Millionen Jahre alte Schätze.«

Nivas nickte abwesend, während er sich in dem Gewirr der Gänge, Flure und Treppen, das sich vor ihnen ausbreitete, zu orientieren versuchte. Als ob er sich das nicht selbst denken könne. Sie passierten etliche Schleusen, wurden mit Metalldetektoren untersucht und schließlich sogar durchleuchtet. Nivas wurde bei jeder Kontrolle herausgegriffen und verschwand hinter geschlossenen Türen.

»Bitte entschuldigen Sie die Umstände.« Susan, der das Aufheben um ihren Begleiter sichtlich unangenehm war, trat nervös von einem Fuß auf den anderen.

»Es ist in Ordnung. Es ist so.«

Nivas zog im Gehen seinen Gürtel durch die Laschen. Sie stiegen immer weitere Treppen nach oben.

»Ein bisschen wie am Flughafen, wenn ich nach Hause fliege.«

»Ist England nicht Ihr Zuhause?«

»Meine Familie lebt in Indien. Ich würde sie gerne bei mir haben, aber meine Mutter weigert sich, das Dorf zu verlassen. Inzwischen bin ich aber wirklich neugierig, was wir hier machen.«

»Kommen Sie«, sagte Susan, und als sie durch die letzte Tür ihrer Odyssee traten, fand Nivas sich in einem Ausstellungsraum wieder. Es gab nur eine einzige Vitrine in der Mitte des Raumes, die mit einem schwarzen Tuch verhangen war.

»Susan! Endlich! Ich begann mir schon Sorgen zu machen.« Ein kleiner, dicklicher Mann löste sich aus einer Gruppe von Menschen, die dicht zusammenstanden und eifrig zu diskutieren schienen. Er kam auf sie zu.

»Warum kommst du so spät?«

»Peter, das ist Nivas.«

»Es ist mir ein Vergnügen, Nivas, aber Susan muss los.«

Peter schob sie in Richtung einer anderen Tür. Susan sah Nivas über die Schulter an und formte lautlos die Wörter »Das ist das Schaf.« Nivas lächelte.

Susan drehte sich zu ihm um. »Sie stellen sie wieder aus. Die Schachfiguren, die mein Ur-Ur-was-weiß-ich-Großvater gefunden hat.«

»Und Sie machen was dabei?«

»Ich bin auch ein Ausstellungsstück.«

Peter zog Susan energisch weiter und lotste sie durch die Tür. Nivas folgte den beiden in den angrenzenden Raum und sah ihr verwundert nach. Der Raum füllte sich rasch durch die Gruppe von Menschen, die im Nebenraum diskutiert hatten und den Dreien nun gefolgt waren.

Nivas sah Fotografen; Kameras mit Stativen wurden installiert, Scheinwerfer arrangiert, Kabel verlegt. Er stand jedem im Weg und schob sich schließlich zu einer weiteren Tür in einer Nische, durch die Susan verschwunden war. Er kam sich dumm und abgestellt vor, als er nun dort an der Wand lehnte, und wollte bereits gehen, als ein junger Mann auf ihn zutrat und fragte, ob er Nivas sei. Er führte ihn durch die Tür und weiter einen Gang entlang hin zu einem kleinen Büro. Susan sah anders aus. Sie war geschminkt, anders gekleidet. Sie saß am Tisch, ein Glas Wasser vor sich, Blätter lagen ausgebreitet vor ihr.

»Es ist eine lange und seltsame Geschichte, die mich hierherbringt«, sagte sie.

Nivas setzte sich.

»Aber ich kann sie Ihnen jetzt nicht erzählen, denn es geht jeden Augenblick los und ich muss mich sammeln und all so etwas.«

Prompt erschien Peters gerötetes und ein wenig abgehetzt wirkendes Gesicht in der Tür. »Bereit?«, fragte er.

»Niemals«, erwiderte sie.

Sie gingen in den ersten Raum zurück. Susan und Peter stellten sich in Positur, dann wurde das schwarze Tuch über der Vitrine gelüftet, wie bei einer Zaubershow. Aber kein Kaninchen saß in dem Kasten.

Nivas betrachtete aufmerksam die hinter der Glaswand aufgereihten Schachfiguren. Er wurde das Gefühl nicht los, dass sich die Figuren erst im allerletzten Moment in die Positionen begeben hatten, in der sie jetzt verharrten. Er konnte sich lebhaft vorstellen, wie die Figuren zuvor in Gruppen beieinanderstanden und sich über das Spektakel, das ihnen nun widerfuhr, unterhielten.

Susan stellte sich neben die Vitrine. Blitzlichter blendeten, doch sie stand sicher und frei und lächelte in die

Kameras. Nivas fragte sich, warum sie ihn hatte dabeihaben wollen. Er versuchte ihr zuzuhören. Sie sprach über die Figuren, über die verschiedenen Formen der Bischofsmützen und die kunstvollen Muster auf den Schilden, doch Nivas Aufmerksamkeit wurde völlig von den Figuren eingenommen.

Als Susan etwas beiseitetrat und die Fragen der Journalisten beantwortete, schob sich Nivas nach vorne, um die Figuren besser betrachten zu können. Sie waren in der gängigen Schachordnung aufgestellt. Zwei Parteien standen einander gegenüber auf einem rot-weißen Schachbrett.

Einige Figuren waren jedoch aus der Konstellation herausgelöst und nah an die Glasscheibe gerückt worden, sodass sie nach draußen sahen und die Besucher anschauen konnten. Nivas beugte sich vor und sah nun einem Krieger direkt in die Augen. Es erschien ihm plötzlich, als habe sich die Situation umgekehrt, als sei er das Ausstellungsstück und würde von diesem kleinen Kenner begutachtet werden. Wenn die Figuren wirklich so alt waren, wie Susan sagte, was mochten diese Augen dann schon alles gesehen haben? Doch nun stand der kleine Krieger in seiner Winzigkeit hier, eingesperrt hinter Glas, unverrückbar, dabei stolz und edel, trotz seiner Größe.

Äußere Hebriden, 1831

acht

Ullapool lag verträumt in seiner Bucht und blinzelte schläfrig in die ersten Strahlen des dunstigen Morgenlichts. Natürlich waren die Fischer bereits seit dem Morgengrauen draußen, die Boote wippten wie kleine Spielbälle auf den Wellen. Die Häuser hingegen standen ruhig und sahen gelassen aufs Meer. In Ufernähe tummelten sich Möwen, schrien, flogen auf und ab, setzten sich auf die dicken Poller und die Steine am Strand. Sie warteten, bis die Fischer heimkehrten und sie zum Frühstück einluden. Die Wellen klatschten mit Getöse an den Strand, als ob sie den Möwen ihr Geschrei nachtrügen.

Das Fährboot bahnte sich gemächlich seinen Weg auf der unruhigen See hin zu dem kleinen Hafen von Ullapool. Wenn man sich am Bug aufhielt, konnte man schon von Weitem einen gelben Schimmer oberhalb der Linie, die die Hauptstraße bezeichnete, wahrnehmen. Das war George O'Malleys Laden. George hatte die Fensterrahmen in einer grellgelben Farbe gestrichen, als er das Haus kaufte und seinen Laden einrichtete. Er dachte, das brächte ihm die Aufmerksamkeit etwaiger Kundschaft, und zudem konnte so kein Händler, der neu nach Ullapool kam, das Haus verfehlen. Inzwischen mochte er die Farbe nicht mehr, aber er wagte es nicht, sie zu ändern, war sein Laden doch nur noch unter dem Namen »Yellows« bekannt. So behielt er die Lackierung und pinselte gewissenhaft jedes Jahr eine neue zitronengelbe Schicht auf die hölzernen Rahmen.

Der Innenraum des Geschäfts war klein. Auf Teetischen, Regalen und Kommoden lagen die Waren zum Verkauf. Es gab Tischchen mit Geschirr und Besteck, Regale mit Büchern, Kommoden mit Kleidern.

O'Malley hatte außerdem eine Fischerecke mit Haken, Seilen, Netzen, Ösen, Schwimmern und allerlei anderen Utensilien eingerichtet. Auch Dudelsäcke, Geigen, Flöten, kleine Harfen, Gitarren lagen beieinander und warteten darauf, wieder eingesetzt zu werden. Alles, was sich nicht einsortieren ließ, bot George O'Malley am Verkaufstresen an. Hier hatte er große Schubladen, die sich abschließen ließen. Er nutzte diese Fächer vor allem für die wertvollen Gegenstände, die einen hohen Gewinn versprachen.

Eine steile Treppe führte am Ende des Raumes nach oben, wo George O'Malley weitere Schätze lagerte, welche keinen Platz mehr in dem Verkaufsraum fanden, und wo er wohnte. Er lebte in dem einen, kleinen Zimmer über seinem Laden zweifelsohne in großer Bescheidenheit.

Mrs O'Malley war zwei Wochen vor der Eröffnung des Ladens beim Hinabtragen einer schweren bronzenen Büste gestürzt. Fortan lebte sie zwei Häuser weiter bei ihrer Schwester, welche die nunmehr gehbehinderte Mrs O'Malley in ihrem Haushalt pflegte. George kam jeden Abend zu ihr und gemeinsam lasen sie Ivanhoe und andere Romane von Walter Scott. Mrs O'Malley verehrte den Schriftsteller in hohem Maße und fühlte sich ihm durch ihre Krankheit noch näher. Sie wünschte, er würde einmal für eine Lesung nach Ullapool kommen.

Später unterhielten sie sich noch ein wenig, sie sprachen über das Geschäft und die Neuigkeiten aus dem Ort, dann verabschiedete sich George auf morgen mit einem zärtlichen Kuss auf ihre Stirn und ging die paar Schritte die Straße hinunter zu seinem eigenen Haus.

Wenn er allein war, hatte er die Angewohnheit, an seinen Waren vorbeizugehen, sanft über ihre Oberflächen zu streichen und sie zu betrachten, als wären sie lebendig. Er sprach mit ihnen und sah nach, ob ihnen auch nichts fehlte. Die Bücher handelte er schneller ab. Nur selten verirrten sich Bücherliebhaber in den kleinen Laden, die in dem Bücherregal stöberten, sich einen Roman nahmen und die paar Pennies, die er dafür verlangte, auf den Tresen legten. Bücher brachten ihm nichts ein, weder Ansehen noch Geld. Das Geschirr wiederum war ihm zu zerbrechlich, obwohl er mehr dafür verlangen konnte. Hier sah er jedoch trotzdem gewissenhaft nach schadhaften Stellen und versuchte, diese mit feinen Pinselchen und Farbe auszubessern. Dann aber öffnete er die Schubladen unter seinem Tresen, holte den Schmuck hervor, nahm einzelne Stücke in die Hand, umschloss sie mit seinen dicken Fingern, um sie zu wärmen, hauchte sie an, polierte die Steine und fragte sie nach ihrem Wohlergehen. Große Ketten legte er sich um seinen Hals, ging so geschmückt zu den Möbeln und sang ihnen ein kleines Abendlied vor, bis er die Ketten zurücklegte, die Schublade verschloss, die Treppe hinaufstieg, sich auf sein Bett setzte und sich fragte, ob er wohl langsam verrückt würde.

Timothy hatte Callum gefragt, ob er ihn nach Ullapool zu seinem Besuch bei O'Malley begleiten würde, und es ergab sich, dass auch John sich den beiden anschloss und die Gelegenheit nutzte, um seinen üblichen Landspaziergang zu unternehmen. Auf dem Boot standen Timothy und Callum beieinander, sahen sich von Zeit zu Zeit schweigend an und fühlten sich unruhig, wussten sie doch nicht, wie sie dieses Geschäft angehen sollten. Callum kannte

George O'Malley recht gut, denn Martha traf Mrs O'Malleys Schwester an den Markttagen und bekam den neuesten Klatsch mit fünf Pfund Kartoffeln geliefert. Die Frauen sprachen über das schreckliche Unglück, dass Mrs O'Malley nie mehr würde laufen können, und welche Konsequenzen das für ihre Ehe hatte; man berichtete Martha, dass George die Tragödie nun schon seit Jahren eisern ertrug und sich jeden Tag um seine Frau kümmerte. Man wusste von keiner anderen Frau und lobte ihn in den höchsten Tönen.

Da er und sein Laden Händler und Fremde in die Stadt brachten, war er ein angesehener Bürger Ullapools. Er galt als kluger Geschäftsmann, der selten seine einmal eingeschlagene Linie verließ und auch aus hartnäckigen Verhandlungen meist als Sieger hervorging. Seine Einfühlsamkeit im Häuslichen und seine Schärfe in geschäftlichen Angelegenheiten sprachen für ihn, sodass Männer und Frauen ihn schätzten.

»Wir fragen ihn erst einmal, ob er die Schachfiguren kennt. Ob er etwas gehört hat über die Figuren. Vielleicht wurden sie schon einmal verkauft und sind aus irgendeinem Grund zu uns an den Strand gespült worden.«

Timothy sah Callum zweifelnd an. »Das glaubst du?«

»Nein«, antwortete dieser. »Aber wir wollen ja nicht gleich mit der Tür ins Haus fallen.«

»Gut, einverstanden«, antwortete Timothy.

Er schaute auf die Häuser, die sich jetzt rasch näherten. Das Gelb der Fenster von O'Malleys Geschäft stach ihm in die Augen. »Was meinst du, John?«, fragte er.

John, der einige Meter abseitsstand, das Gespräch jedoch verfolgt hatte, sah sich erstaunt um. Selten bezog man ihn in ein Gespräch ein.

»Ich? Ich weiß es nicht«, sagte er.

Er wollte nicht, dass Timothy die Figuren verkaufte. Seit er Schach spielen konnte, fühlte er sich besser. Er war in die kleine Gemeinschaft der Inselbewohner aufgenommen worden. Für John waren die Spiele Spaziergänge im Sonnenschein bei klarem Himmel. Er musste nur aufpassen, wo er hintrat, weiter nichts.

»Aber du kommst doch mit zu O'Malley?«, fragte Timothy.

»Wenn du möchtest.«

»Ja, das möchte ich sehr gern.«

Auch Callum war dafür, dass John mitkam. »Sechs Ohren hören mehr als vier«, sagte er.

Das Boot legte am Kai an. Höflich ließen die Männer erst die Frauen aussteigen, die auf den Markt drängten, bevor sie selbst an Land gingen.

Timothy hatte nur ein vollständiges Spiel mitgenommen, das er in der Schachtel von Stuart in einen Korb gebettet am Arm trug.

George O'Malley hatte bereits Kundschaft, als sie eintraten. Ein großer Herr, blond, in feines Tuch gekleidet, ließ sich Bücher und Schmuck zeigen. Sein unsteter Blick jedoch taxierte kaum die Waren, die George vor ihm ausbreitete. Er wanderte stattdessen im Raum umher und blieb an der Treppe hängen.

»Haben Sie oben noch andere Dinge?«, fragte er.

Die Männer von den Inseln hörten den fremdländischen Akzent und sahen sich an. Sicher wollten sie nicht vor einem gänzlich Unbekannten die Schachfiguren zeigen.

»Wir kommen später wieder, George«, rief Callum.

George nickte und wandte sich, nachdem die Besucher seinen Laden unter dem metallenen Schellen der Türglocke wieder verlassen hatten, erneut an seinen Kunden. »Oben habe ich Verschiedenes. Wenn Sie mir sagen würden, was Sie genau suchen, kann ich Ihnen vielleicht behilflich sein.«

»Ich interessiere mich eigentlich für alles Außergewöhnliche.«

»Nun ja, das ist relativ, nicht wahr?«

Der Mann lächelte. »Da haben Sie natürlich recht. Ich bin auf der Suche nach Dingen, die das Fremde und Ungewohnte in meine Heimat bringen können. Dort halten die Menschen zum Beispiel viel von schottischer Handwerkskunst, in jeglicher Hinsicht.«

»Dann ist es besser, Sie gehen zum Markt. Da finden Sie allerlei Dinge, die wir hier herstellen.«

Der Mann nickte, sah sich noch einmal um, nahm seinen Hut und verabschiedete sich mit den Worten: »Vielleicht komme ich am Abend noch einmal vorbei.«

George räumte die Sachen gerade wieder in die Schubladen, als Timothy, Callum und John eintraten. Sie hatten sich wie Schuljungen hinter der nächsten Hausecke versteckt und gewartet, bis der Mann aus der Ladentür trat.

»Wer war denn das?«, fragte Callum, nachdem die Männer sich begrüßt hatten.

»Kommt aus Norwegen«, murmelte George. »Er war neulich schon einmal da. Komischer Mann. Lässt sich alles zeigen, befingert es mit seinen Händen und sucht nach

irgendetwas, was er selbst nicht weiß. Ich bin froh, dass er fort ist. Bringt ihr etwas oder wollt ihr euch umsehen?«
Er wischte sich die Hände an einem Handtuch ab und stemmte die Arme in die Hüften. Die meisten Bewohner von den Inseln kamen aufgrund finanzieller Notlagen zu ihm und boten Kleinigkeiten an, die sie später wieder auszulösen hofften, wenn bessere Zeiten kamen.

»Mein Junge hat etwas am Strand gefunden. Es sind Schachfiguren. Hast du welche verkauft? Wir fragen uns, wie sie bei uns landen konnten.« Timothy wand sich.

»Schachfiguren?«, George schaute ihn ungläubig an. »Ich habe keine Schachfiguren verkauft. Aber schau, ich habe zufällig ein kleines Spiel da.«

Er holte aus einer Schublade ein kleines Kästchen hervor, geradeso, wie Stuart eines gezimmert hatte. Er klappte es auf und sie sahen auf kleine, weiße und schwarze Figuren hinab, die durcheinandergewürfelt auf dem Boden des Holzkästchens lagen. Unter den Figuren klemmte ein gefaltetes Brett, das George ebenfalls hervorholte, es aufklappte und auf ein niedriges Tischchen nahebei stellte. Eifrig platzierte er ein paar Figuren darauf. Dabei schwatzte er ununterbrochen über das Wetter und die schreckliche Mückenzeit, die nun begann.

»Aber auf den Inseln bleibt ihr von dieser Plage ja verschont, also was erzähle ich euch überhaupt davon«, schloss er gerade seine Ausführungen, als er aufsah, um ihnen eine Reaktion zu entlocken. Aber er sah nur in drei erstaunte Gesichter, die kein Wort von dem gehört hatten, was er gesagt hatte.

Callum betrachtete wie gebannt die Figuren und erinnerte sich mit einer Heftigkeit an Erin, dass es ihn körperlich beinahe schmerzte. Sie hatte großen Eindruck auf ihn gemacht. Ihre freie Art imponierte ihm, war sie doch ohne Gehabe ausgekommen. Das schätzte er an ihr. Ihre Persönlichkeit war derartig einnehmend gewesen, dass die Inseln ohne sie nicht mehr dieselben waren. Würde sie je zurückkehren? Vielleicht müsste man ihr über die Figuren berichten? Abgesehen davon, dass das Ganze sie sicher brennend interessieren würde, wäre sie ohne Zweifel eine große Hilfe beim Verkauf. Wie es ihr wohl erging? Er hatte, seit er das Schachspielen wieder aufgenommen hatte, immer an sie denken müssen und letzte Nacht von ihr geträumt.

John hingegen beobachtete fasziniert, wie die Unordnung aus dem kleinen Kästchen sich in Ordnung auf dem Spielbrett verwandelte. Seine Finger begannen sich unwillkürlich zu bewegen, verfolgten in der Luft flatternd die Bewegungen des Händlers, bis er schließlich George dabei half, die Figuren aufzustellen. Diese Figuren fassten sich anders an als jene, die von der Insel stammten. Sie waren filigraner. Ihre Oberfläche war poliert worden, so lange, dass es kaum merklich war, dass es sich um Holzfiguren handelte. Unter jeder Figur waren kleine Stofflappen angebracht. So zogen die Figuren lautlos über das Spielfeld. Vielleicht würde George ihn auffordern, eine Partie zu spielen? Diese Figuren waren zwar sehr viel kleiner, aber das Spiel war das gleiche. John überlegte, welche Züge er machen würde.

Timothy, der die Schachfiguren ebenfalls eingehend betrachtet hatte, wurde mit einem Schlag klar, wie verschieden die Figuren im Vergleich zu Ians Fundstücken waren. »Sehen so Schachfiguren aus?«, fragte er Callum.

Callum lachte. »Sicher, das sind normale Schachfiguren.«

»Was heißt normal? Das sind Schachfiguren, so sehen sie alle aus.«

George warf Timothy einen prüfenden Blick zu.

»Wir haben andere bei uns«, sagte Callum. »Zeig sie ihm schon, Timothy.«

»Ich möchte erst noch mehr über dieses Schachspiel hören«, erwiderte Timothy zögernd. »Wo hast du es her? Hast du noch mehr dieser Spiele?«

»Ich weiß nicht, warum du so ein Geheimnis um deine Figuren machst. Zeig sie her und wir reden über den Preis.«

Langsam und vorsichtig holte Timothy das Kästchen hervor. Er selbst öffnete es und als George hineingriff, um sich die Figuren von nahem anzusehen, hätte er es beinahe wieder zugeschlagen.

George hatte einen König ergriffen und pfiff leise und anerkennend durch die Zähne: »Das ist in der Tat ungewöhnlich.« Er stellte die Figuren nach und nach auf den Tisch, besah und bestaunte sie. Schließlich blickte er zu Timothy, Callum und John auf: »Aus meinem Laden kommen sie nicht. An welchem Strand genau hast du sie gefunden? Sind sie angespült worden? Das sind echte Kunstwerke, und so wie ich das sehe, sehr alte. Seht euch die ausgefeilte Arbeit an. Mit welcher Sorgfalt sie ausgeführt wurde. Sie sind wunderschön.«

George nahm nacheinander alle Figuren aus ihrer Schachtel. Nun fasste er sie viel vorsichtiger an, als er es zuvor mit dem König getan hatte. Er legte sie in seine Handfläche wie in ein weiches Bett und strich mit dem Finger über die Kleider und Kronen. Keiner der Männer sprach dabei ein Wort.

»Was machen wir nun?«, fragte Callum schließlich und durchbrach mit seinen leisen Worten, die die Stille jedoch scharf durchschnitten und die anderen zusammenzucken ließen, das beinahe andächtige Schweigen.

Das Schachspiel stand mittlerweile vollständig aufgestellt vor ihnen.

»Wir kaufen uns Fischbrötchen am Markt«, sagte George. »Solche Dinge kann man nicht einfach so und dazu noch auf einen leeren Magen besprechen. Ich muss nachdenken und essen.«

Er drängte sie nach draußen und schloss gewissenhaft die Tür zu seinem Laden. Sie entfernten sich mit langsamen Schritten, jeder in seine Gedanken vertieft, und gingen zum Hafen. An einem Marktstand kauften sie sich Brötchen und setzten sich an den Kai.

John war als erster fertig. Er sah, wie die anderen kauten und dabei auf das Meer starrten. Er wusste nicht, ob er lieber bleiben oder zu seinem Spaziergang aufbrechen sollte. Es zog ihn auf die Beine. So klopfte er sich die Krümel von der Jacke und verabschiedete sich. Er bog in ein kleines Gässchen ab und stieg eine schier endlose Treppe hinauf, bis er sich oberhalb der Häuser befand. Tief atmete er durch.

Callum würde ihm später erzählen, was sie mit den Figuren vorhatten.

August, 1829

Liebe Fanny,
seit meinem letzten Brief sind die Dinge in Bewegung gekommen. Nein, um meine Gesundheit musst du dir keine Sorgen machen, ich bin munter wie die Fische, die sich im Hafenbecken tummeln, und die ich um ihr sorgloses Dasein beneide. Was ihnen einzig droht, ist der vorzeitige Tod in der Bratpfanne, wo sie jedoch Gutes tun und ich mich an ihnen erfreue.

Es bleibt jedoch für mich eine merkwürdige und niederschmetternde Erkenntnis, dass Catherine mich abwies.

Es war an dem Abend, als die Musiker sich trafen. Sie spielten die hiesigen Melodien, sangen mit himmlischen Stimmen in der gälischen Sprache, trommelten lebendige Springtänze mit Bravour und Leidenschaft.

Auch ich versuchte mich im Tanzen und umfasste Catherines schmiegsamen Leib, wann immer ich konnte. Sicher bin ich nicht der unbeweglichste Mensch, doch Catherine übertrifft jeden. Neben aller Zartheit, die ihr eigen ist, ist da ein stählerner Kern, zu dem ich nicht vordringen kann, durch den sie mich auf Abstand hielt. Sie lächelte zwar, doch gleichzeitig ließ sie mich jede Sekunde spüren, dass es nie mehr zwischen uns geben könne, als diesen einen sich drehenden Tanz.

So unbegreiflich das erscheinen mag, ist es für mich doch auch ein wenig heilsam, und ich versuche erst gar nicht, mich weiter aufzudrängen.

In ihrem Wesen ist etwas, was mich immerzu stutzen lässt. Eine Klarheit, die mir zuvor noch bei keinem anderen

Mädchen begegnete, die pfeilgerade für sich steht, trotz der Weichheit ihres Äußeren.

Dem kleinen Jungen, der hier ein- und ausgeht, und der auch an besagtem Abend anwesend war, ist sie ganz zugetan. Ich weiß nicht, zu wem der Junge gehört und warum er hier sein darf, vielleicht ein allgemeines Dorffindelkind. Wenn sie ihn ansieht, sehe ich alle Mütter der Welt in einer Reihe hinter ihr stehen. Allein ihr Blick lässt den Jungen wachsen.

Wenn sie ihn dann umfängt, blüht er regelrecht auf, seine Wangen werden rosig und das Kind wird zugänglich und gesprächig. Es herrscht etwas Tieferes als Vertrautheit zwischen ihnen, und zwar in einer Reinheit, die allem Kindlichen eigen ist.

Angus beschattete uns den ganzen Abend und beobachtete alles: wie wir tranken, wie wir aßen, wie wir tanzten und wie sie mich ansah. Es war Mitleid in ihren Augen, das muss ich gestehen, als sie mich schließlich ohne ein Wort stehen ließ. Sie ging zur Tür und trotz meiner Verletztheit nahm ich wahr, wie Angus ihr folgte.

Wenn er zu mir gekommen wäre, hätte ich ihm sagen können, was ihn bezüglich Catherine erwarte. Nun wird er es selbst erleben müssen. Das ist bedauerlich, denn ich weiß nicht, wie er reagieren wird, wenn das Unvermeidliche geschieht. Sie wird für keinen von uns das sein, was wir uns erhoffen.

Seit diesem Abend aber bin ich auf wundersame Weise frei und widme mich ganz der Musik. Die Zuneigung, die Begierde waren wie ein seltsam windiges Spiel, das mich erfasst hatte. Vielleicht waren die Krankheit und die Schwäche daran schuld, dass ich mich so habe gehen lassen. Ich bin Catherine für ihre strenge Art geradezu dankbar. Nun geht es endlich wieder vorwärts, die Ouvertüre wächst und auch die Sinfonie begleitet meine Tage.

Immer dein Felix

neun

John sah weißes Gefieder über den hellen Himmel streifen. Er beobachtete, wie die Vögel herabstürzten und wieder hinaufflogen und verfolgte den Flug einer großen Raubmöwe. Ihr gellendes Geschrei drängte ihn vorwärts. Unbeholfen stolperte er einen kleinen Weg entlang, doch bald hatte er sie aus den Augen verloren. Er sah Timothy, Callum und George weit unter sich im Hafen am Kai. Sie saßen in einer Reihe nebeneinander. John überlegte, welche Positionen sie bei einem Schachspiel einnähmen. War Timothy der König, weil ihm die Figuren gehörten? Callum war ein Läufer, er brachte Botschaften, war schnell, obwohl er schon so alt war. Und George? George war ein tüchtiger Krieger, immer in der ersten Reihe, nicht klein zu bekommen und von großem Wert für den König. Was für eine Figur er wohl selbst verkörperte?

Vor Pferden hatte er eine unbestimmte Angst, von Religion verstand er nichts, also blieb nicht mehr viel übrig.

»Ein herrlicher Ausblick, nicht wahr?«

John hatte den Herrn nicht herankommen hören.

»Es tut mir leid, ich habe Sie erschreckt.«

»Ich habe Sie nicht kommen hören.«

»Verzeihen Sie.«

»Ja.«

»Leben Sie in Ullapool?«

»Nein.« John zeigte mit fliegender Gebärde auf das Meer.

»Ach, von den Inseln?«

»Ja.«

»Ich bin aus Norwegen«, sagte der Herr. »Ansgar Bakken aus Trondheim.«

John musste die ihm entgegengestreckte Hand ergreifen.

»Freut mich, Sie kennenzulernen, Herr …?«

»John Mar.«

»Kommen Sie oft nach Ullapool? Auf den Inseln muss es sicher recht einsam sein. Mit einer solchen Einsamkeit könnte ich vermutlich nicht lange leben. Trondheim hingegen ist eine große Stadt, in der man nur selten allein ist. Ich könnte nirgendwo anders leben. Aber ich reise viel, und auf meinen Reisen bin ich recht oft allein, das gleicht es wieder aus, nicht wahr?«

John schaute den Mann an. Der graue Anzug war tadellos geschnitten. John hatte so einen feinen Stoff noch nie zuvor gesehen.

»Ich reise geschäftlich, bin Kaufmann. Nach Ullapool komme ich sehr gerne, obwohl die Mücken natürlich unerträglich sind in dieser Jahreszeit. Haben Sie auf den Inseln auch diese Plage? Sagen Sie, sind Sie nicht eben bei George O'Malley gewesen?«

»Ja.«

»Im ›Yellows‹ findet man immer etwas. Schöne Dinge hat Mr O'Malley zu bieten. Ich schaue oft bei ihm vorbei. Bin immer auf der Suche nach etwas Besonderem.«

Die Sonne brach durch die Wolkendecke, John schloss einen Moment die Augen. Als er sie wieder öffnete, stand der Mann immer noch vor ihm.

»Ich habe eine Erstausgabe der ›Grimms Märchen‹ bei O'Malley erworben, haben Sie von diesen Geschichten gehört? Bei meinem letzten Besuch habe ich außerdem spottbillig einen Faden-Distanzmesser erstehen können, der mir ab und an gute Dienste leistet. Und selbst einen amerikanischen Dollar habe ich in einer seiner vielen Schachteln gefunden. Ich kann damit hier natürlich nichts bezahlen, aber ihn zu haben und ihn ab und zu zwischen den Fingern zu reiben, das bereitet mir ein außerordentliches Vergnügen. Oder haben Sie Mr O'Malley vielleicht etwas verkauft? Sie mögen mich womöglich für aufdringlich halten, aber ich bin gerne in Gesellschaft.« Der Herr lachte auf und unterbrach dadurch seinen eigenen Redeschwall, bevor er eine weitere Frage an John richtete. »Wollen wir ein Stückchen gehen?«

John lief neben dem Mann her, der weiter plauderte. Ansgar Bakken sprach mit heller Stimme, die Wörter spuckte er in hastigen Stößen aus, die wie viele kleine Nebeltropfen aus seinem Mund kamen.

»Wie gesagt, ich komme aus Trondheim. Der Nidarosdom ist sehenswert. Waren Sie schon einmal dort? Na, wohl eher nicht. Mein Vater handelte mit Kupfer und ich habe das Geschäft übernommen. Es ist nicht mehr so wie früher, aber ich habe mein Auskommen. Was, sagten Sie, haben Sie George O'Malley angeboten?«

Der Wind frischte auf, die Möwen kreischten. »Schachfiguren.«

»Ach was!« Überrascht zog der Norweger eine Augenbraue in die Höhe.

»Sie spielen Schach da draußen? Das hätte ich nicht gedacht. Hat O'Malley das Spiel genommen?« Mr Bakken sah John aus grauen Augen an. »Ich frage nur deshalb, weil ich womöglich an dem Schachspiel Interesse hätte. Das Geschäft könnte also nur zwischen uns beiden vonstattengehen, ohne einen Mittelsmann, wenn Sie verstehen, was ich meine. In meiner Familie hat das Schachspielen eine lange Tradition. Ich habe Aufzeichnungen gefunden, in denen ein

Vorfahr Figuren beschreibt, die er, naja, in seinen Besitz gebracht hat. Aber sie gingen verloren. Sehr alte Figuren. Vor vielen hundert Jahren.« Der Mann blieb stehen, aber John merkte es nicht.

»Mr Mar!«

John drehte sich um. »Ja?«

»Haben Sie nicht gehört, was ich gesagt habe? Ich will das Schachspiel von Ihnen kaufen.«

»Es gehört mir nicht.«

»Sie könnten mich dem Besitzer vorstellen. Ich werde mich sicher mit ihm einigen, glauben Sie nicht?«

Mitten auf dem Weg standen sie einander gegenüber, John ohne sich zu rühren, der Norweger leicht und dynamisch von Bein zu Bein tänzelnd.

Mr Bakken machte auffordernd zwei federnde Schritte auf John zu.

»Womöglich«, erwiderte dieser zögernd.

Der Norweger hatte es nun eilig. Abrupt drehte er sich um und John folgte ihm benommen. Eine weitere Tirade von Wörtern prasselte auf ihn herab. Sie eilten den Berg hinab. Ohne zu zögern brachte der Norweger John zurück an den Hafen.

George hatte sich gerade eine Pfeife angezündet und alle drei Männer hielten halbvolle Gläser in den Händen. George erblickte John zuerst.

Er winkte ihm und sagte etwas für John Unverständliches zu den anderen. Timothy und Callum sahen zu ihm hin.

»Auch ein Bier, John?«, fragte George, als die beiden Männer zu ihnen stießen, und wollte schon gehen, als

Callum ihn am Arm zurückhielt und fragte: »Wer ist der Herr bei dir?«

»Ansgar Bakken aus Trondheim.« Der Norweger streckte Callum seine Hand entgegen, welche er ergriff. »Wir kennen uns schon« Lächelnd drehte er sich zu George und wollte nun auch Timothys Hand nehmen. Aber Timothy wandte sich an John: »Woher kennst du ihn?«, fragte er.

»Wir haben uns gerade kennengelernt«, nahm der Norweger John das Wort ab. »Meine Geschäfte führen mich hierher und Mr Mar war so freundlich mir zu erzählen, dass es ein Schachspiel zu verkaufen gibt.«

Timothy und Callum starrten John an. »Wie konntest du nur - …?«

Callum verschlug es die Sprache.

»Nur ruhig.« George hob beschwichtigend die Hände. »Ich hole wohl doch noch etwas zu trinken.«

Während sie auf Georges Rückkehr warteten, sprach niemand ein Wort. Der Norweger schaute auf die See, Callum trat unruhig von einem Fuß auf den anderen, Timothy stand stocksteif da. Er sah zu John, der seinerseits den Himmel nach Festlandvögeln absuchte. Als George mit neugefüllten Gläsern auftauchte und jedem eines in die Hand drückte, nahm Timothy John beiseite.

»Was hast du dir dabei gedacht?«, fragte er.

»Du möchtest die Figuren doch verkaufen.« Naiv kamen die Worte über Johns Lippen.

»Ja, ich will die Figuren verkaufen. Zu meinen Bedingungen. Ich will entscheiden, auf welche Weise und wem ich sie anbiete, verstehst du?«

Timothy klopfte auf Johns Arm.

»Nein«, entgegnete John. Er machte sich los.

Sie nippten an ihren Gläsern und schwiegen erneut. Schließlich ergriff Mr Bakken, der gemeinsam mit Callum zu den beiden getreten war, das Wort. »Es scheint Sie zu erstaunen«, begann er, »dass sich so schnell jemand gefunden hat, der sich für Ihr Schachspiel interessiert. Ich würde es, in der Tat, zumindest gerne einmal sehen. Wenn es das ist, was ich suche, zahle ich Ihnen 100 Pfund bar auf die Hand. Ist das ein Angebot?«

Er wandte sich an Callum, doch der beachtete ihn nicht, sondern starrte in sein Glas. Timothy war angesichts der hohen Summe durchaus erstaunt und begutachtete den Fremden noch eine Spur skeptischer.

»Das ist viel Geld. Was ist an einem Schachspiel so besonders?«

»Nun, wenn es das ist, was ich suche, und nur dann, ist es zunächst einmal sehr alt. Sie können sich kaum vorstellen, wie alt. Das hat natürlich seinen Reiz, nicht wahr?«

Die Männer reagierten zunächst nicht.

Erst nach einem langen, unangenehmen Schweigen fragte Timothy ungeduldig: »Und weiter?«

Zum ersten Mal schien der Norweger verunsichert. »Ich sagte Ihrem Freund schon, dass es fast zu meiner Familie gehört.«

»Wie das?«

»Ich fand Aufzeichnungen eines längst verstorbenen Familienangehörigen. Er diente unter Magnus Håkonnson, einem König des 13. Jahrhunderts. Wir führten damals eine Reihe von Kriegen gegen euch.«

»Gegen uns?«

»Schottland.« Der Norweger sprach jetzt souverän. »Schottland musste Norwegen einige Jahre eine jährliche Steuer entrichten. So kam es immer wieder zu Gelegenheiten, hierher zu kommen. Mein Vorfahr scheint ein Mann der Diplomatie gewesen zu sein.« Mr Bakken lächelte zufrieden. »In mancherlei Hinsicht. Die Inseln schienen eine gewisse Anziehung auf ihn auszuüben.«

»Woher wissen Sie das alles?«

»Ich weiß es nicht mit Bestimmtheit, konnte mir aber manches zusammenreimen. Sicher ist, dass mein Vorfahr in Magnus' Sold stand. Als Kapitän segelte er mindestens dreimal von Norwegen nach Schottland und wieder zurück. Doch schließlich ereilte ihn das Schicksal und er kehrte von einer Reise nicht wieder. Er hinterließ neben Frau, Kindern und einem großen Besitz ein merkwürdiges Blatt Pergament mit Symbolen und Figuren, das zusammen mit anderen Dingen von Generation zu Generation weitergereicht wurde. Kurz und gut, ich denke, dass das, was man auf dem Pergament erahnen kann, Schachfiguren sind.«

»Wie kommen Sie darauf? Wo ist das Pergament?«

Mr Bakken betrachtete Timothy mitleidig. »Ich habe es selbstverständlich nicht hier. Aber ich habe mich lange genug damit beschäftigt, um mir sicher zu sein.«

Callum schaltete sich ein. »Die Figuren gehören Ihnen nicht.«

»Das habe ich auch nicht behauptet. Ich bin Händler, ich bin Reisender, ich mache gerne Geschäfte. Es wäre mir eine große Freude, etwas zu besitzen, was womöglich meinem Vorfahren gehört hatte. Wollen Sie mir die Figuren nicht zeigen? Bedenken Sie die 100 Pfund.«

Timothy wandte sich ab. »Was würden Sie mit dem Spiel machen?«

»Ich möchte es erst sehen, bevor ich darauf Antwort gebe.«

Timothy, Callum und George musterten den Fremden einen Augenblick, bevor Callum das Wort ergriff. »Bitte entschuldigen Sie uns einen Moment, Mr Bakken.« Mr Bakken neigte leicht den Kopf, bevor er sich an John wandte, der sein Glas hielt, als wäre es aus heißem Metall, und ein unverfängliches Gespräch mit diesem anzuknüpfen versuchte.

Callum führte Timothy wenige Schritte beiseite und sprach direkt in sein finsteres Gesicht.

»Das gefällt mir nicht«, sagte Callum mit gesenkter Stimme.

Beide sahen zu John, dessen Blick wieder zum Himmel gerichtet war, und der die Worte des Norwegers gar nicht zu hören schien.

»Es hilft dir nichts, wenn du ärgerlich auf ihn bist.«

»Es ist nicht John«, sagte Timothy. »Es ist dieser Kerl, der so großspurig daherkommt.«

»Was willst du tun?«

»Aye«, Timothy gab sich einen Ruck. »Ich zeige sie ihm. Gehen wir in den Laden.«

Sie leerten die Gläser und brachen auf. George schloss die Tür zum Yellows auf und tastete nach dem kleinen geschnitzten Kästchen, das er in eine Schublade unter dem Tresen gelegt hatte. Er gab es Timothy in die Hand. Timothy trat langsam zu dem kleinen Tisch, den George eilig frei räumte. Bevor er das Kästchen öffnete, sah er dem Norweger in die Augen. Grau wie sein Anzug; sein Blick trieb umher, verlor sich in die vielen Gegenständen, die im Laden zu sehen waren. Als Timothy das Kästchen auf den Tisch stellte, umkreisten die Augen Mr Bakkens die kleine Schatulle zunächst, verharrten dann aber so starr auf ihr, dass Timothy meinte, sie hätten die Kraft, das Kästchen zu öffnen. Mit leisem Schaudern löste Timothy seinen Blick von den kalten Augen und ließ die Scharniere der Schatulle langsam aufschnappen.

Mr Bakken hatte sich die Figuren stets auf seinem Arbeitstisch vorgestellt, wie sie dort als Blickfang zur Geltung kommen und mancherlei Fragen bei seinen Besuchern aufwerfen würden. Er würde gekonnt die Geschichte ausschmücken, die Herkunft der Figuren erläutern, leise lächeln, manches im Unklaren lassen. Jeder Gast wäre erstaunt ob der brillanten Fähigkeit, die Mr Bakken einmal mehr bewiesen hätte, an kostbare, außergewöhnliche Objekte zu kommen.

Als er die Schachfiguren nun in der Kiste sorgsam nebeneinander aufgereiht liegen sah, wurde ihm klar, dass sie wertvoller waren, als er bislang angenommen hatte.

Ansgar Bakken kam aus einer Familie, in der man Wert auf Geld legte. Sein Vater schenkte ihm zu seinem zehnten Geburtstag zehn Reichsbanktaler.

»Verwahre sie, mein Sohn, oder verschleudere sie. Es liegt an dir.«

Der kleine Ansgar fürchtete sich insgeheim vor seinem Vater, und natürlich steckte er die Taler folgsam in einen Umschlag, den er sich von seiner Mutter erbeten hatte. Abends nahm er die Münzen manchmal in die Hand, hauchte sie an und drückte sie so fest zwischen seinen

Händen, dass der Abdruck der Krone, die in die Münze geprägt war, auf seiner Handfläche zu sehen war. Wenn sein Vater ihn fragte, ob er die Reichsbanktaler noch hätte, nickte Ansgar. Und sein Vater neigte zufrieden den Kopf. »Gut so.«

Sie lebten in einem großen Haus und hatten Dienstboten, die ihnen das Leben so erleichterten, dass seine Mutter keinen Finger rühren musste. Sie war eine Dame guten Lebens, saß im Salon und empfing Gäste oder ging aus, um selbst Gast zu sein. Sein Bruder und er wurden von verschiedenen Mädchen erzogen, die regelmäßig nach einigen Monaten verschwanden und durch neue ersetzt wurden. Unterrichtet wurden sie von einem Hauslehrer, der ihnen streng und gläubig alles beibrachte, was sie zur Geschäftsführung des Kupferwerks wissen mussten.

Wenn sein Vater nach Hause kam, lief Ansgar die Treppe hinab, nahm ihm Hut und Mantel aus der Hand und hängte sie an die Garderobe. Dort hatte er sich einen kleinen Schemel bereitgestellt, damit er die Haken auch erreichte. Er begleitete seinen Vater in die Bibliothek und brachte ihm die Zeitung. Herr Bakken nahm seinen Sohn zur Kenntnis, so wie er die Dienstboten zur Kenntnis nahm. Ansgar verhielt sich neben ihm unauffällig und still, beobachtete, wie sein Vater die Zeitung auffaltete und die Beine übereinander schlug. Der schwere Ring, den sein Vater an dem kleinen Finger trug, glänzte. Es war ein Siegelring, auf dem ein winzig kleines Schiff abgebildet war. Mit diesem Siegel, das wusste Ansgar, war alles möglich. Einmal fragte er seinen Vater, woher er den Ring habe, aber sein Vater gab ihm keine Antwort.

Ansgar bastelte aus altem Kupferdraht einen kleinen Ring, den er an seinen eigenen Finger steckte, wenn er alleine im Spielzimmer saß. Er setzte sich auf ein Stühlchen und las in einem Buch, das der Lehrer ihm gegeben hatte. Die Beine übereinander zu schlagen fiel ihm anfangsschwer. Dann stand er auf und lief gewichtig im Zimmer umher. Im Gehen sprach er laut die Worte »Mehrwert«, »Grube« und »Arbeiter«, als ob er wüsste, was sie bedeuteten.

Als er älter wurde, ließ er davon ab. Weder hatte sein Vater je eine Reaktion auf seine Bemühungen gezeigt, noch erwuchs ihm aus dem Spiel selbst Freude. Er richtete seine Aufmerksamkeit auf das Lernen und stellte fest, dass er durch die guten Beurteilungen, die der Lehrer seinem Vater von Zeit zu Zeit über ihn gab, viel mehr dessen Interesse erregen konnte, als eine freundliche Geste es vermochte.

Er war ein junger Mann geworden, der sich ernsthaft mit dem Handel auseinandersetzte, lernte, was es zu lernen gab und viel auf seine eigene Meinung hielt. Sein Vater bezog ihn nach und nach in seine Geschäfte mit ein, übertrug ihm die ein oder andere Aufgabe. Ansgar fühlte, dass er sich bewähren musste.

Er bemerkte, wie er es zunehmend genoss, Angestellte zu haben, die er befehligen konnte. Ob es sich um ein verlorenes Blatt Papier handelte oder er von einem unwiderstehlichen Drang nach Kaffee heimgesucht wurde, immer suchte er sich aus der Belegschaft einen Angestellten aus, der ihm eifrig zu Diensten stehen musste. So streifte er durch das Werk, besah sich die Einrichtungen und fuhr hinaus zur Mine. Von seinen Ausflügen zurückgekehrt, diktierte er etliche Briefe, drückte seinen Siegelring in das weiche Wachs auf den Umschlag und schickte Boten mit den Schreiben eilends fort, als enthielten sie Staatsgeheimnisse.

Einmal investierte er in Schmelzöfen, die Woche darauf in die Abholzung eines Waldes. Einige Projekte verliefen im Sand, andere hätten Wirkung zeigen können, allerdings nur, wenn Ansgar ihnen treu geblieben wäre, was er jedoch nur selten tat.

Seine Angestellten schlugen hinter seinem Rücken bei seinem Vater Alarm. Es kam zu mehreren wüsten Szenen zwischen Vater und Sohn. Ansgars Vater warf ihm vor, sich nicht genug auf die wichtigen Aufgaben zu konzentrieren. Übereilt sei er, fahrig in seinen Anordnungen. So verhalte sich kein Geschäftsmann. Er müsse Weitblick für den ganzen Betrieb aufbauen.

Ansgar seinerseits beleidigte seinen Vater mit den Worten: »Was du Weitsicht nennst, nenne ich konservative Kurzsichtigkeit.«

Daraufhin entzog ihm sein Vater die Geschäftsführung und der zweite Sohn übernahm das Werk. Ansgar wurde auf Reisen geschickt. Als Ansgar sich von seinem Bruder verabschiedete, sagte dieser:

»Hast du noch die Reichsbanktaler, die uns Vater damals gab? Ich habe meine schon lange in diesen Anzug hier investiert.« Er zog mit den Händen das Jackett, das er trug, nach unten. »Ist es nicht endlich Zeit für dich, sie loszuwerden?«

Für Ansgar folgten wirre Monate, die er in verschiedenen Städten und Ländern zubrachte. Er reiste rastlos, mal mit dem Schiff, mal mit der Kutsche, ließ sich hierhin und dorthin treiben, ohne Ziel und Plan. Er versuchte der Wut zu entfliehen, die ihn bei jeder Gelegenheit heimsuchte, die ihn an seinen Vater gemahnte. So trug der Kutscher, der ihn um etliche, nicht vereinbarte Pfund erleichtern wollte, seine Forderung mit der gleichen Arroganz wie sein Vater vor. Und als er unfreiwillig eine Unterhaltung in einem französischen Café zwischen einem jungen Mann und seiner Verlobten mitanhörte, in welcher der junge Mann der Geliebten seine Aufstiegschancen in der Fabrik in glühenden Farben schilderte, stand er abrupt auf und verließ das Lokal. Aber je mehr er sich entzog, desto stärker suchte ihn die Empörung heim. Die Briefe seines Bruders überflog er auf der Suche nach Verständnis und Solidarität. Da er weder das eine noch das andere darin fand, sondern Mitleid mit seiner Situation aus ihnen herauslas, zerriss er sie nach dem Lesen. Er suchte und fand in jeder Begegnung eine Gegebenheit seinen Groll zu nähren.

Als er in Holland eintraf und in einer kleinen Hafenstadt am Kai herumschlenderte, kam er mit einem Matrosen ins Gespräch. Der Matrose bot ihm eine Prise Schnupftabak an. Ansgar lehnte diese zwar ab, war aber sofort von der schönen Dose gefangen, die der Matrose zwischen seinen groben Händen hielt. Ein Liebespaar war darauf abgebildet. Es spazierte untergehakt im Sonnenschein an der Küste, sie mit einem Sonnenschirmchen mit Fransen, er mit einem feschen Hut, und in der Ferne auf der See war ein Segelboot zu sehen.

Es war eine idyllische, romantische Szene, mit zarten Pinselstrichen in leichten Farben gezeichnet. Ansgar konnte nicht sagen, warum er diese Dose unbedingt besitzen wollte. Er lud den Matrosen in die Hafenkneipe ein und fragte ihn über sein Leben aus. Er nickte und lachte, schlug dem Mann auf die Schultern und nach wenigen Gläsern Rum hatte er herausgefunden, dass der Matrose im Suff die Dose einem anderen abgenommen hatte, ohne sie zu bezahlen, und sich deshalb mit Schuldgefühlen plagte.

»Ich gebe dir einen Taler dafür, dann kannst du beruhigt sein. Du bist sie los und hast obendrein noch ein gutes Geschäft gemacht.«

Der Matrose ließ sich jedoch nicht so schnell auf den Handel ein.

Aber Ansgar blieb hartnäckig. Sie feilschten eine Weile hin und her, bis Ansgar merkte, dass er so nicht weiterkam. Er verlegte sich auf andere Mittel. »Du bist ein starker Kerl, das muss ich schon sagen! Kannst wahrscheinlich einige Anker ohne weitere Hilfe heben.«

Der Matrose ließ seine Muskeln spielen. »Bin der Stärkste auf jedem Schiff.«

»Tatsächlich? Wie bekommt man das heraus, unter all den kräftigen Männern?«

»Armdrücken«, antwortete der Matrose. »Wollen wir mal?« Und schon krempelte er seinen Ärmel hoch.

Ansgar war klar, dass er gegen den Mann nur verlieren konnte. Trotzdem legte er seine weiße Hand um die des Matrosen. Das Spiel war schnell entschieden und der Matrose lachte. »Nicht schlecht, was?«

Ansgar rieb sich den schmerzenden Arm. »Beeindruckend«, sagte er. Er ließ den Matrosen von weiteren Stärkebeweisen berichten, zeigte nie versiegendes Interesse, umschmeichelte und umwarb den Mann. Erst spät in der Nacht kam er wieder auf die Dose zu sprechen, erklärte, dass sich der Mann besser fühlen würde, der zu seiner Stärke auch ein reines Gewissen besäße. Er solle ihm die Dose überlassen. Er sprach mit Engelszungen über Schuld und Bindung, sodass der Matrose schließlich den Widerstand aufgab und die Dose sogar mit einem Seufzer der Erleichterung in Ansgars Hand legte.

Ansgar stand in dieser Nacht am Fenster in seiner Unterkunft, sah auf das Meer hinaus und drehte gedankenverloren die Dose zwischen seinen Händen. Das Porzellan war glatt. Die Wölbungen schmiegten sich in seine Hand. Er lächelte leise bei dem Gedanken daran, wie leicht es ihm gefallen war, den Mann für sich zu gewinnen. Und Ansgar beschloss, diese Tugend fortan gewinnbringend einzusetzen.

Bald besaß er eine Sammlung seltener Gegenstände, mit denen er sich umgab oder erfolgreich verkaufte. Er verfügte über ein untrügliches Gespür dafür, um was es sich zu handeln lohnte und entwickelte einen sechsten Sinn für außergewöhnliche Kostbarkeiten.

Ansgar war nicht ehrlich gewesen, als er den Männern die rührselige Geschichte erzählte, dass die Aufzeichnungen von einem Vorfahren stammten.

Wenn er in Norwegen war, studierte er stets ausführlich das »Morgenbladet«. Hier erhielt er nützliche Auskünfte über alles, was sich in der Welt zutrug. Besonders interessierten ihn die Nachrufe. Oft ging er zu den Adressen, bekundete höflich sein Mitgefühl über das Dahinscheiden von ihm völlig unbekannten Personen und ließ sich mit eloquenten Floskeln in den Wohnzimmern nieder. Zu späterer Stunde fragte er nach, was man mit der Einrichtung, den Möbeln, den Büchern, dem Zierrat des Dahingeschiedenen zu tun gedächte. Nicht wenige waren dankbar, wenn er anbot, die Sachen durchzusehen und sie zu verkaufen.

Hier stieß er eines Tages in einer Schublade eines Schrankes auf die Aufzeichnungen des besagten Kapitäns. Er zeigte sie der trauernden Familie, die damit wenig anzufangen wusste, und sie ihm als Dank für seine Hilfe in der schweren Zeit überließ.

Die rätselhaften Symbole ließen ihm keine Ruhe. Er nahm sie sich wieder und wieder vor, bis ihn sein Bruder eines Abends zu sich einlud und ihn nach dem Essen zu einer Partie Schach ermunterte. Als sie sich über das Brett beugten, wurde Ansgar mit einem Mal bewusst, dass es sich bei dem Pergament um die Darstellung eines Schachspiels handelte.

Er spielte die Partie unkonzentriert und verlor. In den nächsten Tagen setzte er sich in die Gunnerus Bibliothek und versuchte herauszufinden, wer in Norwegen Schachfiguren hergestellt hatte und seit wann diese angefertigt wurden. Auch die Handelswege früherer Zeiten beschäftigten ihn. Die Worte, die auf dem Pergament zu sehen waren, waren norwegisch, aber veraltet; er konnte nur die Sprache herleiten. Er beugte sich über verstaubte Folianten und spürte mehrere Hinweise auf einen vergangenen, regen Schiffsverkehr und Handel von Norwegen mit Schottland auf und wusste bald mehr über den Krieg beider Länder, als ihm lieb war. So beschloss er, seine Untersuchungen in Schottland fortzusetzen. Dass er hier nun so schnell auf eine Spur zu den Schachfiguren gestoßen war, schien selbst ihm unglaublich.

Timothy schloss abrupt und schneller, als es Ansgar lieb war, das Kästchen. Die gierigen Blicke, mit welchen der Fremde die Figuren förmlich in sich aufsog, waren ihm zuwider. Er hatte es nicht einmal über sich gebracht, Mr Bakken die Figuren aus der Schatulle herausnehmen zu lassen. Er wollte nicht, dass dieser mit seinen begehrlichen Fingern die Figuren betastete. Timothys Gedanken wanderten zurück zu dem Strand auf der Insel, zu den unschuldig und andächtig über die Schnitzereien gleitenden Finger Ians.

»Es tut mir leid«, sagte er. »Ich bin mir nicht sicher, ob ich sie verkaufen möchte.«

John sah Timothy ungläubig an, Callum hingegen verzog keine Miene.

»Oh«, erwiderte Mr Bakken überrascht. »Vielleicht überlegen Sie es sich nochmal anders. Es ist genau das Schachspiel, das ich suche. Ich bin bereit, mit dem Preis nach oben zu gehen.«

»Nein«, sagte Timothy. »Im Moment nicht. Danke für Ihr Angebot.

Wir müssen jetzt gehen. Auf Wiedersehen, George.«

Er nahm das Kästchen und lief eilig zur Tür.

Aber Mr Bakken war schneller. Er hielt ihm die Tür auf. »Ich werde zu Ihnen kommen. Dann können wir alles in Ruhe besprechen.«

Timothy sagte nichts. Callum musste den Norweger grob zur Seite drängen, um passieren zu können, und John zwängte sich hinter ihm zur Tür hinaus.

Als sie nur kurze Zeit darauf auf der nächsten Fähre, die den Hafen verließ, standen und Ullapool hinter ihnen im dunstigen Licht gerade noch zu erahnen war, fragte Callum: »Was war da los, Timothy?«

»Es ist nicht richtig, die Figuren einem dahergelaufenen Fremden einfach so zu geben.«

»Ich möchte dir zustimmen. Und doch können wir sie nicht behalten.«

»Nein, das können wir nicht.«

»Weißt du, wen wir um Rat fragen könnten?«

Timothy sah ihn an.

Callum nahm all seinen Mut zusammen. »Erin.«

August, 1829

Liebe Fanny,
die morgendlichen Ausflüge, die ich unternehme, lassen mich eine Weite erleben, die sich in unbegreiflicher Weise mit jedem Schritt weiter entfaltet, wie eine gerade ersonnene Melodie sich immer weiter ausgestaltet.

Der Anblick der Hügel, der Lochs, der Moore, der Strände und des Meeres, die in beweglicher Stille miteinander korrespondieren, lässt mich erbeben, als sei ich Teil einer religiösen Zeremonie. Die Natur breitet ihre Schönheit in einer Klarheit und Frische aus, als ob die Schöpfung erst gestern geschehen wäre. Das Licht durchzieht auch mich. Die Glieder enthüllen ihre wahre Aufgabe und ich schreite über diesen Boden, als ob ich der Erste wäre, der ihn berührt. Das lässt mich verstummen. Ich gehe mit dem Wind. Die Gedanken schweigen.

Beim Abstieg in die niedere Welt zeigen sich hingegen unsere Missstände:

Angus schleicht um das Haus, er versucht in die Fenster zu sehen, um einen Blick auf Catherine zu erhaschen. Sein massiger Körper presst sich gegen die grauen Mauern, ein Anblick der Unwürdigkeit. Ich frage mich, was dieser Mensch anzufangen gedenkt, mit all der unerwiderten Liebe, die in ihm steckt.

Als er sich umdreht, bemerkt er mich. Seine Wangen färben sich, wie ein Sonnenuntergang am Abend, in schönstem Rot. Ich nicke ihm zu, ohne zu sprechen, und will schon vorübergehen, da packt er mich am Arm und zerreißt mir fast das Hemd. Er zieht mich heran, dicht vor seine große Nase, und schnaubt mir mit verzerrtem Gesicht »Verschwinde!« zu. Ich antworte, dass ich dies zu tun gedachte, bevor er mich davon abhielt, und so lässt er mich los und ich gehe meiner Wege.

Eben noch wähnte ich mich im Reich der Lieder ohne Worte und schlug kraftvoll auf der Erde auf. Nun sehe ich mich mit den niedersten Trieben dieses abscheulichen Menschen konfrontiert. Welch ein Sturz!

Deutlicher wurde mir nie die Verworfenheit der menschlichen Seele.

Dein Felix

zehn

Ian lag im Bett. Sein Vater war mürrisch aus Ullapool zurückgekehrt.

Ian hatte ihn angesehen und nicht gewagt, ihn zu fragen, ob er die Figuren verkauft hatte. Sie hatten schweigend zu Abend gegessen und nun hörte der Junge das Klappern des Webstuhls. Leise stand er auf.

Er hatte den Krieger kopfüber in eine Mauerritze gesteckt, er war kaum zu sehen. Ian nestelte die Figur aus ihrem Versteck.

»Da bist du.«

Es dämmerte, weshalb Ian nicht erkennen konnte, ob die Figur ihm antwortete.

»Ich kann mir denken, dass es keinen Spaß macht, in dem Loch zu liegen. Vielleicht willst du dich erst einmal strecken?« Er nahm die Figur und versuchte sie langzuziehen. Dann wanderte er mit ihr herum.

»Das ist mein Bett, siehst du?«

Er führte den Krieger um die beiden vorderen Bettbeine, welche er erreichen konnte.

»Unter dem Bett ist es dunkel, da möchtest du bestimmt nicht hin.«

Er zeigte der Figur, wie dunkel es unter dem Bett war. Dann hob er ihn auf das Bett. »Hier schlafe ich. Die Decke hat mein Vater gewebt und dieses kleine Kissen hat meine Mutter für mich gemacht, als ich noch ganz klein war. Ich habe es immer noch. Du schläfst nie, oder?«

Der Krieger sah ihn an.

Ian sah sich um. »Sonst gibt es hier nichts. Es ist eben die Kammer, in der ich schlafe. Nach draußen können wir nicht gehen. Wenn mein Vater merkt, dass ich noch wach bin, wird er zornig. Aber die Küche kennst du ja schon. Und ansonsten ist da auch nichts.«

Er setzte den Krieger vor sich.

»Jetzt bist du dran: Wie war eure Reise? Seid ihr mit dem Schiff gekommen? Ich war ein paarmal in Ullapool und einmal bei meinen Großeltern in Perth. Aber da war ich noch ein Baby. Vielleicht mache ich später Reisen.«

Er nahm die Figur in die Hand. »Dann würde ich dorthin fahren, wo du herkommst. Ich stelle mir ein schönes Land vor, ein bisschen wie bei uns, aber größer, mit vielen richtigen Bäumen und Bergen natürlich.

Ich würde deinen König fragen, ob er mich in seine Dienste nehmen kann. Dann wären wir Waffenbrüder.«

Ian stellte die Figur wieder hin und legte sich neben sie. »Ich glaube nicht, dass mein Vater das erlauben wird.«

Er drehte sich auf den Bauch. »Meine Mutter hätte sicher nichts dagegen.

Aber mein Vater? Er möchte bestimmt, dass ich hierbleibe, bei ihm. Aber ich weiß nicht.«

Ian spürte die Kälte des Bodens. Er warf sich schnell auf den Rücken, nahm die Figur in die Hand und hob sie mit ausgestrecktem Arm nach oben. »Vielleicht seid ihr auch geflogen«, mutmaßte er und bewegte die Figur durch die Luft. »Es kann sein, dass ihr auf den Flügeln eines großen Vogels gekommen seid. Vielleicht hat jemand einen Korb an dem Vogel festgebunden, der Korb hat sich gelöst, ihr seid abgestürzt und deshalb im Sand gelandet.«

Ian zog schwingende Kreise in der Luft. Es schien ihm, als ob der Krieger nun lächelte. »Halte deinen Helm fest! Es kommt eine große Sturmwolke.«

Er bewegte die Arme schnell hin und her. Schließlich warf er die Figur von einer Hand in die andere. Er konnte sie im letzten Moment noch fassen, bevor sie auf dem Boden aufschlug.

»Das war knapp«, sagte er und hielt sich die Figur nahe vor die Augen.

Ian war sich sicher: Die Augen des Kriegers lächelten.

»Du bist mir einer«, sagte Ian und verstaute den kleinen Krieger sorgsam in der Mauerritze.

elf

Das Leben auf den Inseln nahm seinen Lauf. Das Wetter war unbeständig wie eh und je, die Wolken zogen vorüber, der Regen kam, der Wind blies aus allen Richtungen.

Timothy war grüblerisch, wortkarg, blieb noch mehr für sich. Er verschwand im Webhaus, wann immer es seine Arbeit zuließ, und Ian hörte das durchdringende Klackern des Webstuhls. Es kam ihm zornig und schroff vor, oder hörte er in der zweckmäßigen Mechanik nur das, was in seiner eigenen Brust vor sich ging?

Als eines verregneten, trüben Tages die Fähre im vernebelten Hafen anlegte, entstieg ihr Mr Bakken. Ian sah ihn als erster und empfand sofort heftigen Widerwillen gegen ihn. Aus den Bemerkungen der Männer, welche er nach und nach infolge des Ausflugs nach Ullapool aufschnappen konnte, hatte er sich mancherlei zusammengereimt, sodass er den Feind, als er nun vor ihm stand, zweifelsfrei erkennen konnte. Mr Bakken seinerseits wusste nichts von Ian und trat selbstsicher auf den Jungen zu, als er ihn am Kai herumlungern sah.

»He, kleiner Mann«, sagte er. »Zeigst du mir den Weg zum Pub?«

Jedem anderen hätte Ian einfach den Weg gewiesen: »Um die Ecke dort, dann sehen Sie ihn.« Doch hier beugte er den Kopf, was als Nicken durchgehen konnte, und ging voran.

Einmal hatte sich Ian mit seinem Freund Finley gejagt. Sie waren hintereinander hergerannt und Ian hatte den heißen Atem von Finley im Nacken gespürt. Finley rief und trieb ihn an: »Schneller, Ian, lauf!« Es war aufregend gewesen, ihn so dicht hinter sich zu spüren. Finley versuchte ihn einzuholen, und als es ihm gelang, packte er Ian und riss ihn mit sich zu Boden. Sie kugelten übereinander und verhakten sich. Als sie sich schließlich voneinander lösten, grinsten beide.

Als Ian nun Mr Bakken hinter sich wusste, überkam ihn ein anderes Gefühl. Er hörte dessen stetige, zielstrebige Schritte hinter sich. Mr Bakken schritt gleichmäßig, mit hartem Aufschlag. Sein Anzug flatterte unruhig im Wind und gab schlagende Geräusche von sich. Ian fühlte sich mit einem Mal bedroht. Er lief unwillkürlich schneller. Beinahe wäre er einfach abgebogen. Dann dachte er an seine Figur. Er stellte sich vor, wie sein Krieger pfeilgerade und aufrecht dastand, die Augen aufmerksam, dem Feind unerschrocken ins Gesicht blickend. In Ians Vorstellung wuchs der Krieger zu Manneshöhe heran, lief nun direkt hinter ihm und bildete eine unbezwingbare, schützende Mauer zwischen ihm, Ian, und Mr Bakken. Jetzt drehte sich der Krieger sogar um und bedrohte Mr Bakken mit seinem Schwert. Ian hörte, wie Mr Bakken strauchelte.

Als Ian, der Krieger und Mr Bakken durch die Tür traten, drehten sich die Köpfe, wie immer, wenn jemand in den Pub kam. Sofort wurde der Fremde als der Mann erkannt, von dem Timothy und Callum berichtet hatten. Timothy hatte gesagt, dass er sofort gerufen werden wollte, falls er auftauchen würde. Also rief Hamish Ian zu sich und fragte ihn, ob er ihm mit den Fässern helfen könne. Er legte den Arm um Ian und sie verschwanden durch die Hintertür.

Hinter dem Haus blieb Hamish abrupt stehen, fasste Ian fest an den Schultern und sah ihn durchdringend an. »Lauf zu deinem Vater und sag ihm, dass er da ist.«

Ian rannte sofort los. Hamish ging in den Schankraum zurück und fragte Mr Bakken unbeteiligt, was er trinken wolle.

»Ich nehme ein Pint«, sagte Mr Bakken.

Hamish befragte ihn nach dem Woher und Wohin. Erst antwortete Mr Bakken ausweichend, aber Hamish beharrte mit einer Hartnäckigkeit auf seinen Fragen, dass Ansgar Bakken sein Gegenüber verwundert ansah.

»Was ist mit Ihnen?«, fragte er und drehte somit den Verlauf des Gesprächs um. Nun war Hamish der Befragte.

»Mit mir?«, antwortete der Wirt. »Ich lebe hier.«

»Warum?«

»Ich gehöre hierher, so wie dieses Bier.« Er stellte ein neues Glas vor Mr Bakken, doch dieser gab sich mit der Antwort nicht zufrieden.

»Ein Mann wie Sie ist hier doch ein wenig fehl am Platz, meinen Sie nicht?« Mr Bakken lehnte sich vertraulich vor. »Ich habe Häfen gesehen, mein Lieber, in aller Welt, wenn Sie verstehen, was ich meine?« Er kicherte anzüglich.

»Ach?« Unbeeindruckt trocknete Hamish ein Glas.

»In der Tat. Es ist viel los in der Welt da draußen. Sie bewegt sich hin und her. Man muss dabei sein, wenn man den Anschluss an das neue Zeitalter nicht verpassen will. Haben Sie schon von dem Rasenmäher gehört? Es ist aus mit dem leidigen Sensen! Man schiebt eine Konstruktion vor sich her, die den Rasen abrasiert, quasi.«

»Dafür haben wir unsere Schafe.«

»Sind Sie schon einmal Eisenbahn gefahren? Nein? Es ist ein Erlebnis, das kann ich Ihnen sagen! Und als ich nach London kam, habe ich mir einen Stadtplan der Metropole gekauft, der erste seiner Art.«

Mr Bakken wusste selbst nicht recht, warum er dem Wirt diese Dinge erzählte. Er fühlte sich seltsam beklommen unter dessen Blicken und redete sich in Rage. »Ich kann ihn in die Hand nehmen und von A nach B gelangen, indem ich auf den Stadtplan schaue, in welchem sämtliche Straßen und Gassen namentlich aufgeführt sind. Es ist, als würde man von oben auf das unüberschaubare Straßenlabyrinth Londons blicken, und plötzlich erkennt man Strukturen und kann sich seinen Weg bahnen. Ganz selbstständig, man muss keine Droschke benutzen, wenn es nicht weit ist. Ist das nicht außerordentlich praktisch?«

»Ich würde jemanden nach dem Weg fragen.«

»Und die Kultur?« Jetzt war Mr Bakken nicht mehr zu bremsen. »Sie haben sicher von Johann Sebastian Bach gehört? Seine Werke werden jetzt in Berlin wieder aufgeführt, mit großem Erfolg. Ach, und Paris! In Paris müsste man leben! Jede Woche neue Opern, Konzerte!«

»Wenn Ihnen das gefällt, Mr Bakken, ist nichts dagegen einzuwenden. Wir kommen hier auch ohne Opern und

Theater aus und leben trotzdem, wie Sie sehen.« Er wedelte mit seinem Tuch durch den Raum.

Stuart, Mathew und Jamie, die das Gespräch belauschten, richteten sich auf und tranken ihm zu. Mr Bakken drehte sich zu ihnen um und warf ihnen einen abschätzenden Blick zu. »Und natürlich kennen wir Bachs Werke.« Hamish sah, wie Jamie den Mund öffnen wollte, wurde aber von Stuart durch einen Tritt ans Bein daran gehindert.

Hamish war froh, als Timothy, Callum und Ian zur Hintertür hereinkamen und er den unliebsamen Gast loswerden konnte.

»Mr Bakken.« Timothy trat auf den Gast zu. Er wischte sich die mit Erde verkrusteten Finger an einem schmutzigen Taschentuch ab, bevor er ihm die Hand zur Begrüßung entgegenstreckte.

»Was für eine Überraschung Sie so schnell wiederzusehen. Was verschlägt Sie hierher zu uns?«

Mr Bakken ergriff Timothys Hand und schüttelte sie mit einem öligen Lächeln.

»Tatsächlich war ich auf der Suche nach Ihnen. Ich hatte Ihnen doch gesagt, ich würde Sie besuchen kommen. Wie mir scheint, sind Sie über meine Ankunft auch alles andere als überrascht, wenn ich das sagen darf.« Er lehnte sich an die Bar, nippte an seinem Pint und blickte Timothy vielsagend in die Augen. »Wie mir scheint, sind hier alle bestens instruiert, was meine Person und mein Kommen angeht. Und was den Grund meines Besuchs betrifft, dürfte Ihnen dieser bekannt sein.«

Eine kurze Pause entstand, in welcher sich die Männer angespannt ansahen, bevor Callum das unbehagliche Schweigen brach.

»Wollen wir uns vielleicht setzen?« Callum sah sich um, doch alle Tische waren plötzlich besetzt.

Callum winkte in die Runde, bevor er mit einem Räuspern und einer hochgezogenen Augenbraue den übrigen Dorfbewohnern zu verstehen gab, dass sie der Gruppe einen Platz einräumen sollten. Widerwillig erhoben sich Jamie und Mathew, machten einen Tisch frei und setzten sich zu den anderen. Stuart stand auf und rückte einen Stuhl herbei, sodass alle sitzen konnten. Ian stand bei Hamish hinter der Bar. Im Pub war es still, das fiel Mr Bakken erst jetzt auf. Die Männer starrten ihn unverhohlen an.

Diese Blicke kannte Ansgar. Jedes Mal, wenn er früher aus dem Büro gekommen war, hatte sein Vater ihn so angeschaut. Er musste nichts sagen, es reichte, dass er ihn stumm ansah. Ansgar wusste dann, dass sein Vater schon davon gehört hatte, wie es heute gegangen war. Wenn er schließlich den Mut aufbrachte, das Wort an ihn zu richten, wurde er prompt in schneidendem Tonfall unterbrochen.

»Ich halte wenig davon, wie du mit dem Geschäft umgehst. Die Mine ist kein Spielplatz für deine Launen.«

»Ich habe gedacht…«

»Hör auf zu denken und erledige die Arbeit. Deine Flausen verderben unseren Ruf. Wir brauchen keine neuen Fuhrwerke und schon gar nicht von so einem Emporkömmling wie Herrn Haug! Weißt du, was es mich kostete, Herrn Solberg zu überreden, uns seine Pferde und Karren wieder zur Verfügung zu stellen?«

»Ja, Vater. Es tut mir leid. Es war wohl etwas unbedacht.«

»Etwas?« Der Vater hatte im Laufe des Gesprächs zusehends die Stimme erhoben, doch nun schrie er, spie das Wort förmlich vor sich auf den Tisch.

Die Mutter lief herbei, und auch sein Bruder steckte den Kopf zur Tür herein.

»Ich weiß nicht, was ich mit dir machen soll.« Nun sprach sein Vater ruhig und enttäuscht. »Warum fährst du morgen nicht zur Mine? Herr Knudsen kann dich begleiten. Er kann dir alles erklären. Dann siehst du dir mal an, für was wir arbeiten.«

»Ja, Vater.«

Als Ansgar am nächsten Tag zu der Mine fuhr, zogen die Arbeiter an ihm vorbei. Grau und erschöpft schleppten sich Männer und Knaben die lange Straße zu ihrem Dorf entlang. Sie sahen zu Boden und Herr Knudsen erklärte ihm, dass sie sich erst an das Licht gewöhnen mussten, dass sie noch geblendet von der Helligkeit seien.

»Aber der Tag ist trübe.«

»Für sie nicht.«

Die niedergeschlagenen Augen berührten Ansgar nicht. Aber er sah ihre Hälse. Geduckt, wie Schildkröten, auch die Rücken gebeugt und gekrümmt, einer neben dem anderen, eine Schlange von dünnen, hageren Männern, elend und welk schlichen sie durch den Staub; Trostlosigkeit ging von ihnen aus. Ansgar erschrak zutiefst. Er fühlte ihren Trübsinn in seinen eigenen Gliedern und vor allem verspürte er ihre Angst. Das Entsetzen über die mageren Gestalten ließ ihn erzittern.

Herr Knudsen bemerkte seine Erregung. »So leben sie nun mal. Und wir geben ihnen Arbeit. Da können wir stolz drauf sein.«

Ansgar antwortete nicht. Die unbestimmte Masse der Männer erschien ihm wie eine Gewalt, die auf ihn zukam, derer er jedoch nicht Herr werden konnte. Einen einzelnen

Mann vor sich zu haben, ihm Befehle zu geben, ihn zu umschmeicheln, nur um ihn später zu schikanieren und zu demütigen, schreckte ihn nicht. Hier sah er sich jedoch von vielen umgeben, die sich, das fühlte Ansgar, mit einer unbekannten Macht gegen ihn wenden könnten. Sie könnten ihn bedrängen, sie könnten ihn beschmutzen, gar stürzen. Wenn er sich nun unter sie wagte, dort zu ihnen hinabstieg, was würden sie mit ihm tun, wenn sie herausfanden, wer er war? Sie könnten ihn schlagen oder sogar umbringen und für immer in der Tiefe verrotten lassen. Er geriet in solche Panik, dass ihm kalter Schweiß ausbrach. Das Zittern verstärkte sich, fast wäre er von der Bank gerutscht. Herr Knudsen hielt ihn am Arm.

»Wasser«, wimmerte Ansgar. »Ich brauche Wasser.«

»Sofort, Herr Bakken.« Herr Knudsen pochte an die Wand der Kutsche. Er lehnte Ansgar in eine Ecke und stieg aus.

»Nicht fortgehen.« Undeutlich kamen die Worte aus Ansgars Mund.

Herr Knudsen befahl dem Kutscher, zum nächsten Haus zu gehen und dort ein Getränk für den Herrn zu besorgen. Dann sah er wieder zu Ansgar in die Kutsche. Bleich lag er in der Ecke, die Augen geschlossen, noch immer zitternd. ›Was für ein Skandal‹, dachte Knudsen. ›Nicht einmal das Elend dieser Welt kann er mitansehen.‹

Ohne die Mine betreten zu haben, war Ansgar geschlagen nach Hause gekommen.

»Morgen gehst du entweder in die Mine oder du brauchst nicht mehr hierher zurückzukehren.« Kein Blick, nur die Worte des Vaters.

Ansgar räusperte sich. Mit einer schnellen, ruckhaften Bewegung des Kopfes versuchte er, die Gedanken an diese längst vergangenen Zeiten loszuwerden. »Nun, ich bin gekommen, wie Sie sehen.«

Niemand widersprach.

»Es geht mir nach wie vor um die Figuren.« Er kam nicht in Fluss. »Ich würde sie gerne noch einmal ansehen.«

Ian rutschte noch dichter neben Hamish, um jedes Wort hören zu können.

»Sie haben einen außerordentlichen Eindruck bei mir hinterlassen.« Mr Bakken war in der Gewissheit auf Erfolg gekommen. Mit dem eigenartigen Mr John Barr hatte er leichtes Spiel gehabt, und die anderen würde er auch noch für sich gewinnen. Wichtig war nur, dass er Erfolg hatte. Nach seinem Scheitern in der Fabrik nahm er Misserfolge nicht mehr hin. Solch eine Demütigung zu erleben! Nie wieder würde er so etwas in seinem Leben zulassen!

Wieder und wieder hatte er sich die Szene vorgestellt, wie er sich eines Tages vor seinem Vater aufbauen und ihm in die Augen blicken würde. »Sieh her!«, würde er sagen, »was ich aus den zehn Reichsbanktalern gemacht habe!« Allein die Vorstellung bereitete ihm ungeheures Vergnügen.

Noch immer schwiegen alle. ›Was sind das für Leute?‹, dachte Mr Bakken. ›Sie lassen mich einfach schwimmen.‹

Er versuchte es noch einmal. »Ich bin erfreut, an den Fundort der Figuren gelangt zu sein. Wer hat sie denn aufgespürt? Ich würde ihm gerne die Hand schütteln und einen Whisky ausgeben.«

Er sah sich in der Runde um.

»Wie wäre es? Ich zahle dem Finder noch einmal extra zehn Pfund. Das lässt sich doch hören, nicht? Ich bin sicher, wir werden gute Freunde. Ich würde sehr gern alles genau erzählt bekommen. Das muss aufregend gewesen sein. Über einen solchen Schatz zu stolpern! Und das hier! An diesem Ort! Vielleicht gibt es noch mehr zu entdecken?«

Aber so viel er auch sprach, die Stimmung blieb eiskalt. Mr Bakken nippte eilig etwas Bier. Und endlich erbarmte sich Timothy.

»Ich kann Ihnen zeigen, wo die Figuren gefunden wurden. Wir können gleich losgehen.«

Mr Bakken erhob sich schnell, getrieben von dem Wunsch, diesem verfluchten Pub zu entkommen und der Gesellschaft schweigender Männer zu entfliehen.

Timothy stand schon an der Tür, als er zu Ian herübersah, der ihn mit großen Augen anschaute. Timothy zögerte erst, dann nickte er leicht. Ian duckte sich unter der Theke hinweg und lief zu seinem Vater.

Als die drei miteinander hinausgingen, setzte im Pub lebhaftes Stimmengewirr ein. Aber Ian schloss die Tür und der Lärm verstummte.

August, 1829

Liebe Fanny,
heute regnet es den ganzen Tag. Einmal klopfen die Tropfen eintönig an die Fenster, später schlagen sie dagegen, als ob sie mit aller Macht die Scheiben zerstören und Einlass finden wollten in den Raum, dem sie nicht angehören. Man hört das Sausen des Windes, es klingt, als ob Hexen auf ihren Besen um das Haus schwirren.

Wir sitzen alle in der Schankstube. Der Wirt hat einige Kerzen angezündet. Trotzdem ist es düster.

Vor einigen Minuten kam dieser Junge hereingelaufen, vom Kopf bis zu den Füßen ein triefendes Bündel. Catherine stürzte sich sofort auf ihn, holte Tücher und rieb ihn trocken. Sie lachte dabei, doch der arme Kerl zitterte vor Kälte und Nässe und ließ die Prozedur mit wehem Blick über sich ergehen. Catherine schickte ihren Vater los um Kleidung zu beschaffen und als er zurückkam, zog sie den Knaben aus und legte ihm die trockene Kleidung an. Sie hing an ihm wie ein loser Sack. Er musste aufstehen und sie schlug alles, was an zusätzlichem Stoff an ihm herunterhing, sorgsam einige Male um. Dann setzte sie ihn wieder auf den Stuhl, holte einen groben Kamm hervor und begann ihm seine Haare zu kämmen. Sie plauderten so leise miteinander, dass ich ihre Unterhaltung nicht verstehen konnte. Doch einmal beugte sich Catherine dicht zu dem Jungen, sodass die Ähnlichkeit zu italienischen Madonnenbildern so frappierend war – als säßen die beiden unter einem hellen Schein leuchtender Liebe. Der Junge voller Unschuld und Tiefe, das Mädchen in völliger Hingabe gefangen.

Das Herz blieb mir stehen.

Angus saß dabei und unterbrach diesen göttlichen Anblick mit einer Grobheit, die ihresgleichen sucht. Barsch rief er ihren Namen, verlangte ein weiteres Ale und aller Zauber war verloren. Der Junge zuckte zusammen, Catherine zog erschrocken die Luft ein, ihr Kamm verfing sich in seinen Haaren.

Sie sah auf. Der Blick, den sie Angus zuwarf, ließ mich erschaudern. Eisige Spitzen flogen zu ihm hinüber, die ihn hätten durchbohren müssen, doch er forderte sie nochmals auf, ihm das Glas zu füllen. »Es ist schon gut, den Rest kann ich allein machen.« Bestürzt wollte ihr der Junge den Kamm aus der Hand nehmen, doch Catherine fuhr ihm ein letztes Mal sanft mit dem Kamm durch das Haar, ehe sie mit aufreizender Langsamkeit zur Theke ging und den Krug mit Ale zu Angus brachte. Ihre Stimme klang wie immer, als sie ihm einschenkte und auf seine Bemerkung über das Wetter einging. Die Beherrschung, die sie sich auferlegt, ist beispiellos.

All die weisen Herrschaften zuhause, denen du und ich begegnet sind, scheinen mir nicht besser oder menschlicher zu sein als diese junge Frau an diesem Ort.

In Gedanken bei dir,

Felix

zwölf

Der Regen fiel prasselnd auf sie herab. Sie hatten die Hügel hinter sich gelassen und wollten sich nun an den Abstieg über die Felsen hinab zum Strand machen.

Timothy blieb stehen. »Lassen Sie uns warten. Die Felsen sind glitschig, wir könnten ausrutschen.«

Mr Bakken trug in der Tat kein geeignetes Schuhwerk an den Füßen, bemerkte aber Timothys höfliches »Wir« nicht einmal und erwiderte ungerührt: »Es wird schon gehen.«

Er war ärgerlich, dass die Verhandlungen sich so hinauszögerten, obwohl er den Gang selbst vorgeschlagen hatte. Er hatte Timothy aus dem Pub herauslotsen wollen, allein, ohne störende Zuhörer. Aber auf dem Weg war in ihm eine große Ungeduld über diese Sache entstanden, der er ein schnelles Ende bereiten wollte.

Die endlose Landschaft, die sich vor ihm ausbreitete, reizte ihn.

Der Wind verfing sich in seinen Kleidern und trieb ihn vorwärts. Erst waren sie ein kleines Stück auf der Straße gegangen, bald aber abgebogen, und nun liefen sie auf den Strand zu. Ansgar sah Schafe und Rinder, er sah Häuser, die spielzeuggleich verteilt standen, und über allem der unaufhörliche Wind.

»Bald hört der Regen auf.«

»Woher wissen Sie das?«

»Ich weiß es. Dann kommt der Wind und dann die Sonne. Warten Sie nur.«

Mr Bakken wollte nicht warten. Er stürmte ohne ein weiteres Wort zu den Felsen und begann hinabzusteigen. Ärgerlich lief Timothy hinter ihm her und Ian folgte den beiden Männern, mehr verdutzt als aufgebracht.

Mr Bakken hielt sich gut, das musste Timothy ihm lassen; er schien ein geübter Kletterer zu sein. Einmal wäre Timothy selbst beinahe gefallen, aber Ian war dicht hinter ihm und stützte schnell seinen Arm.

Am Strand war es leichter. Ian ging voran und sprang über die kleinen Rinnsale, die sich überall gebildet hatten. Schließlich deutete er auf eine unscheinbare Stelle im Sand. »Hier. Hier sind sie gelegen.«

Timothy erinnerte sich an diesen Ort.

Mr Bakken sah sich um. »Hm. Hier also sagst du. Hast du alles gründlich abgesucht?«

Ian zuckte mit den Achseln. »Ich glaube schon. Außerdem sind die anderen, Stuart und so, alle noch einmal hier gewesen, um zu schauen, ob es noch mehr Figuren gibt. Sie haben nichts gefunden.«

Mr Bakken sah zu Timothy. Der nickte. »Natürlich waren sie da. Und wenn es weitere Figuren gegeben hätte, die Männer hätten sie gefunden.«

»So. Dann ist das hier also der Ort.«

Mr Bakken schlenderte hierhin und dorthin, die Augen dabei auf den Boden gerichtet. Sein Blick zog schnelle Bahnen, als ob er im Sand lesen würde, eine Zeile nach der anderen. Timothy wandte sich ab. Er schaute auf das Meer hinaus. Ian lief zu der kleinen Senke, in die er die Figuren gelegt hatte, und fing an, sie wieder aufzubauen.

Mr Bakken trat zu Timothy.

»Sehen Sie.« Timothy deutete in den wolkenverhangenen Himmel. »Es hat aufgehört zu regnen.«

»Stimmt. Sie hatten Recht.«

»Ich lebe mein Leben lang auf den Inseln. Da kennt man das Wetter.«

»Ich habe nie lange genug an einem Ort gelebt, um das Wetter zu studieren.« Mr Bakken sagte es ohne Bedauern.

»Aber Sie sind doch auch einmal ein Kind gewesen.« Timothy lächelte Mr Bakken zu. »Waren Sie nie draußen und haben nach den Wolken gesehen?«

»Oh, mein Bruder und ich, doch, natürlich waren wir draußen. Nachmittags wurden wir von den Mädchen in den Park geführt. Wir ritten auf unseren Steckenpferden im Kreis herum.«

»Ah, in den Park.« Timothy schaute nun wieder auf das Meer.

Ian kam langsam zu ihnen. Etwas hatte ihn innehalten lassen, als er die Schutzburg für die Figuren erneuerte. Er sah die Männer nebeneinanderstehen; sie schienen in eine friedliche Plauderei vertieft zu sein.

Mr Bakken drehte sich mit einem Ruck zu Timothy um. »Warum geben Sie mir die Figuren nicht einfach? Dann könnten wir uns das alles ersparen.«

Er fuchtelte einmal mit den Armen in Richtung Sand, Felsen, Meer und Hügel. Timothy blickte der unwilligen Bewegung nach. Er ließ seinen Blick über die Gegend schweifen und sah, wie die Steine langsam ihre dunkelgraue Farbe abgaben und in ein helles Grau changierten. Der Wind blies sie so schnell trocken, dass man fast zusehen konnte, wie sich die Farben änderten. Die Wiese oben auf den Hügeln glitzerte im aufkommenden Sonnenlicht. Die Halme wogten. Sie schufen Flächen, in die man sich gerne fallen lassen würde, weil sie in dem aufkommenden Sonnenlicht sanfte, warme Berührung versprachen. Mary hatte immer gesagt, dass sie diese Bewegung an Gott glauben ließe. »Es ist Gottes Atem, verstehst du? Er atmet ein und aus. Und jeden trifft der Atemzug. Niemand kann sich dem entziehen. An der Natur sehen wir, wie auch wir geatmet werden.«

»Nein«, antwortete Timothy brüsk.

»Mir liegt etwas an den Figuren. Sie stellen etwas Besonderes dar, verstehen Sie?« Mr Bakken wurde eifrig.

»Das empfinde ich ebenso.«

»Etwas Seltenes, ich meine sogar Einmaliges.« Mr Bakken knetete seine Hände.

»Da bin ich Ihrer Meinung, Mr Bakken.«

»Natürlich konnte ich nur einen kleinen Blick darauf werfen, aber das hat gereicht.« Mr Bakken lächelte nun unterkühlt. »Ich erfasse schnell.«

Er trat drohend einen Schritt näher auf Timothy zu; sein Mantel blähte sich im Wind zu einem großen Ballon mit aufgeregt flatterndem Saum auf.

»Ihnen muss bewusst sein, dass ich mir diese Gelegenheit niemals entgehen lassen werde. Ich werde die Figuren nicht aufgeben. Ich werde wiederkommen. Immer wieder.« Seine Augen blickten kalt und starr in Timothys Gesicht. »Ich werde Sie nicht mit Ihren Figuren hier verrotten lassen.« Er spuckte die Worte förmlich aus. »Was ist das hier schon?« Nun schrie Mr Bakken gegen den aufkommenden Wind an, während er sich mit einer allumfassenden Geste im Kreis drehte. »Ein Haufen kleiner Inselchen, die sich mühsam durchschlagen mit ihren Schafen und Rindern. Der Fortschritt kommt und Sie merken es gar nicht! Die Dampfmaschine ist auf dem Siegeszug und Sie weben in einer kleinen Kammer, jeder für sich allein.«

Timothy hatte sich, von der Heftigkeit von Mr Bakkens Worten betroffen, auf einen höher aufragenden Stein zurückgezogen. »Ja, wir weben in unseren Häusern. Das haben wir immer so gemacht.«

»Richtig! Alles bleibt stehen, weil es immer so gemacht wurde.« Mr Bakken schlug die Fäuste aufeinander. »Ich war in den neuesten Fabriken; der teuerste Stoff wird dort in Sekundenschnelle hergestellt. Wie wollen armselige Inselbewohner wie Sie diesen Wettkampf überleben? Untergehen werden Sie, alle miteinander! Und ich rede nicht nur von den Stoffen. Vom Fischfang wird Ihnen bald nicht mehr viel übrigbleiben. Steuern werden Sie zahlen müssen, und woher, bei Gott, wollen Sie diese Summen nehmen? Sie hausen in schmierigen, winzigen Häusern, ohne jeglichen Komfort. Wie wollen Sie das je verbessern? Den Rauch der rußigen Torffeuer loswerden? Haben Sie je daran gedacht? Und Ihr Junge hier.«

Grob packte er Ian an den Schultern, stellte ihn vor Timothy hin und rüttelte an ihm, als sei er eine leblose Marionette. »Was soll aus Ihrem Jungen werden? Soll er, wie Sie, hier sein klägliches Dasein fristen und Ihnen ins feuchte Grab folgen? Ist das Ihr Wille und Ihre Vorstellung von einem erfüllten Leben?«

Ian riss sich los und trat zurück, denn die Wucht der Worte war stark. Er war eine Figur eines unüberschaubaren Schachspiels geworden, mit seinem Vater und Mr Bakken als Könige. Er sah, dass sein Vater schon viele Figuren verloren hatte.

John, der in der Tat jeden Handgriff, den er tat, und jeden Weg, den er ging, nur so unternahm, wie er es immer getan hatte, lag am Spielfeldrand, geschlagen von Mr Bakkens Worten. Aber Ian wusste, dass Johns Handeln für ihn richtig war, dass ihn alles andere aus der Ruhe bringen würde.

Er sah die ganzen tapferen Soldaten fallen: Mathew, Farlan, Stuart und Jamie. Sie alle waren vernichtet und untergegangen in Mr Bakkens Worten. Aber Callum, der Treue, stand noch, und neben ihm Hamish. Sie reckten ihre Schwerter gegen Mr Bakken, aber sie bebten.

»Ich denke nicht, dass Sie das Recht haben, so zu sprechen.«

»Ha!« Mr Bakken lachte. »Ich sollte kein Recht darauf haben, Sie aufzuklären über die Welt da draußen, die Sie Ihrem Jungen vorenthalten?«

»Lassen Sie meinen Jungen aus dem Spiel.« Timothy wurde nun auch laut. »Er hat nichts damit zu tun.«

»Gut«, schnaubte Mr Bakken. »Dann sagen Sie mir, was Sie hier noch von Ihrem Leben erwarten?«

Ian sah seinem Vater an, dass er aufgeben würde. Gleich würde Mr Bakken »Schachmatt!« rufen. Erschöpft stand Timothy da, mit hängenden Armen und gesenktem Kopf. Er wirkte ebenso verloren, wie Ian sich fühlte, und so ging er zu ihm und nahm seine Hand.

»Du hast noch die Königin, Vater.« Sein Flüstern durchdrang zart, kaum hörbar, den aufkommenden Wind.

Timothy sah Ian neben sich stehen. Er verstand nicht, wovon der Junge sprach, aber er fühlte sich mit einem Mal besser, seltsam getröstet von den Worten seines Sohnes.

Er drückte seine Hand fester und beugte sich zu ihm hinunter. »Die Königin, sagst du? Ist es Zeit für die Königin?«

Ian nickte. Sein Vater ließ ihn los und richtete sich auf. Er nahm einen tiefen Atemzug und sprang leichtfüßig von seinem Stein.

»Mr Bakken«, begann er, »Sie sind ein Mann von Welt, das sehe ich, und Sie legen offensichtlich viel Wert darauf, mich und uns alle das wissen zu lassen. Wir hier, auf diesen armseligen Inseln, legen andere Maßstäbe an die Dinge und die Menschen, die uns umgeben. Glauben Sie mir, auch ich würde liebend gerne einmal das alles sehen, wovon Sie sprechen, und Ian wäre ganz wild darauf, mitzugehen, nicht wahr?« Er strich Ian mit seiner großen Hand über den Kopf. »Sie leben in einer anderen Welt als wir. Wir werden hier keine Fabriken bauen. Sagen Sie mir: wohin sollten wir sie stellen? Sämtlicher verfügbarer Platz ist voll mit Häusern, Tieren, dem Leben, das wir miteinander führen. Es ist weit und viel Luft dazwischen, das gebe ich zu.« Timothy sah auf die Berge und atmete aus. »Wir werden auch keine Maschinen brauchen, denn unser Stoff wird von unseren Händen gefertigt.«

Er sah auf die eigenen Hände. »Ich frage mich, was Sie an den Figuren so interessiert. Sie sind uralt, wie Sie sagen. Sie aber setzen sich für den Fortschritt ein. Ist das Alte also doch nicht so schlecht? Oder geht es Ihnen nur um den Profit, den die Figuren erzielen werden?« Er sah Mr Bakken nun ins Gesicht, und als dieser zu einer Antwort ansetzen wollte, winkte er ab. »Ich sage Ihnen, daraus wird vorerst nichts. Wir behalten die Figuren hier und warten, bis sich Weiteres ergibt. Leben Sie wohl.«

Er nahm Ian bei der Hand. Gemeinsam liefen sie die Hügel hinauf. Timothy sprach weiter, als sei nichts geschehen, als hätte er nicht eben einen fremden König besiegt. »Was meinst du, Ian, ich denke, wir sollten Tante Erin einen Brief schreiben. Callum hat mich auf die Idee gebracht. Du erinnerst dich doch noch an sie?«

Ian sah ihn ungläubig an. Natürlich kannte er Tante Erin. Sie war jedes Jahr gekommen und hatte immer etwas

Besonderes für ihn mitgebracht. Er hatte ein Hemd von ihr bekommen, aus einem dunkelroten Stoff, der ganz zart war. Ian durfte das Hemd nur an Sonntagen tragen.

Einmal hatte sie ihm eine kleine Kugel aus Ton mitgebracht. Die Kugel war bemalt und hatte eine kleine, rechteckige Öffnung. Tante Erin hatte gesagt, das sei eine Spardose, er könne darin Geld sammeln und sich irgendwann etwas davon kaufen. Dann hatte sie vor seinen Augen einen Penny hineingeworfen. Wenn er die Kugel schüttelte, hörte er den Penny klingeln.

Sie hatten gemeinsam gespielt, Mutter, Tante Erin und er. Sie hatten sich Geschichten ausgedacht und diese nachgespielt. Die Schwestern hatten immer so gelacht, oft hatte er gar nicht verstanden, weswegen. Es waren die heitersten Wochen im Jahr, wenn Erin kam. Als seine Mutter krank wurde, war sie länger geblieben. Sie kam Tag für Tag, zog sich ohne Umschweife die Schuhe aus und ließ sich direkt in Mutters Bett plumpsen. Dann klopfte sie an die Stelle zwischen sich und der Mutter, um ihn neben sich zu holen. Tante Erin deckte alle zu mit der dicken Decke, die der Vater gewebt hatte. Meist hatte sie Bücher dabei, manchmal las sie vor. Auch wenn Ian dem Vorlesen nicht folgen konnte, hätte er um nichts auf der Welt seinen Platz aufgegeben. Tante Erin hatte den Arm um ihn und seine Mutter gelegt und behielt ihn während der ganzen Zeit dort, auch wenn er schon lange eingeschlafen war und prickelte, wie sie sagte. Manchmal hatte sie auch von früher erzählt, als die Schwestern noch klein waren. Tante Erin konnte so gut erzählen, dass Ian alles haarklein vor sich sah. Die Mädchen im Garten, beim Lernen, auf den Spaziergängen am Tay, im großen Haus und der Küche, in der immer Annie war. Annie hatte für alle gekocht und gewaschen. Die Kinder mochten sie sehr und liefen immer zuerst zu ihr statt zu ihrer Mutter. Wenn Tante Erin aus ihrer Kindheit erzählte, lächelte seine Mutter leicht und Erin sagte: »Siehst du, sie weiß noch alles!« Zum Sprechen war seine Mutter zu dieser Zeit schon zu schwach.

Nachdem seine Mutter gestorben war, war Tante Erin fortgefahren.

Sie war ganz schnell gegangen und hatte sich nicht verabschiedet. Und seitdem war sie nie wieder gekommen. Auch nicht, als das große Unglück geschehen war. Sie war einfach verschwunden, und nicht einmal Hamish wusste, wo sie war.

»Einen Brief an Tante Erin?«, fragte Ian. »Meinst du, sie wird kommen?«

»Wir schreiben ihr beide, dann antwortet sie sicher.«

Ian schlüpfte unter die Zuversicht seines Vaters, die sich über ihm ausbreitete wie ein wärmender Mantel, und blieb dort.

August, 1829

Liebe Fanny,
auf den Inseln vergeht die Zeit anders. Sie kommt in Schüben. Manchmal entschließt sich ein verspieltes Windfähnchen, eine große Wolke Zeit über die Inseln zu bringen und sie herabregnen zu lassen. Man greift danach, setzt sich hin mit ihr, nutzt und formt sie nach seinem Willen. Und bis man bemerkt, dass sie sich verflüchtigt hat, ist sie schon zerronnen.

Bevor sich Catherine gestern Abend bereit machte, auf ihr Zimmer zu gehen – die Schankstube war geschlossen, die Tische abgewischt, die Gläser sauber im Regal versorgt – da rief uns die See. Ich kann es nicht anders sagen, als dass wir beide einen Ruf verspürten, der uns nach draußen lockte. Wir nahmen unsere Mäntel und gingen zögerlich ans Wasser, den Strand hinauf. Die Luft strich wie ein uns umspielender Hund um unsere Beine. Es war kalt, doch wir wollten nicht umkehren. Wir sprachen nicht viel; das ist nicht unsere Gewohnheit; es herrschte jedoch ein Einverständnis zwischen uns, das tiefere Worte möglich machte. So zeigt die Zeit, wann man sprechen kann, und es finden sich die Worte, die gesagt werden müssen, als wären sie in der Luft und wir schritten hindurch.

Ihr Ursprung liegt in uns, doch sie ringen sich frei, lösen sich von der Oberfläche und haften nun in der Umgebung. Es sind Gedanken, die mir nicht fremd, aber ungeheuerlich sind. Hier sind sie rein und gnadenvoll.

Catherine nimmt sie auf und tauscht sie mit den ihren aus. So entsteht ein Netz, das uns verbindet, auf dem wir schreiten, ohne uns zu verletzen und uns dem anderen ganz anvertrauen.

An der Biegung der Küste, an der wir bei unseren Spaziergängen sonst immer umkehren, liefen wir weiter, geradewegs auf einen sehr felsigen Abschnitt des Strandes zu. Wir kletterten über Steine, die hier wild und geschichtet liegen, und Catherine ist bei weitem geschickter als ich, trotz ihrer Röcke. Sie besitzt eine Kraft, die nicht nur ihrem Körper entspringt. Sie nimmt sich von den Elementen, was sie benötigt, und setzt es nach ihrem Willen ein: Ausdauer, Geschmeidigkeit, Eleganz. Sie bringen sie höher und weiter als mich, der sich an die Schwerkraft klammert, als wäre sie bindend.

Und doch war ich es, der etwas in einem Spalt zwischen zwei Steinen entdeckte. Ich wollte eben meinen Fuß darüber setzen, als mir ein merkwürdiges Ding ins Auge fiel. Ich neigte mich und rief Catherine, die sich mit mir herabbeugte. Gemeinsam versuchten wir, etwas zu erkennen. Wir sahen einen schwachen Glanz wie von einem Metall oder einem hellen Holz.

Catherine wollte dieses Etwas, was auch immer es war, aus der Spalte holen.

Ich stützte sie ab, gab ihr Halt, umklammerte mal ihre Füße, mal ihre Hände, aber es gelang ihr nicht, so tief nach unten zu greifen. Wir mühten uns wie kleine Kinder, eifrig bestrebt in dem Glauben, einen Schatz heben zu können, und überlegten auf dem Rückweg, den wir nach erfolglosen Anstrengungen antraten, am nächsten Tag mit Seilen und Schaufeln wiederzukommen. In unserer Fantasie malten wir uns die unwahrscheinlichsten Geschichten aus, was sich in der Felsspalte verbergen könnte. Ein Schatz? Von

Seeräubern geraubte Artefakte? Weiß schimmernde Perlen aus dem Osten? Diamanten aus dem Süden? Gold aus der neuen Welt? Was könnte an diesem gottverlassenen Strand nicht alles angeschwemmt werden?

Wir waren so in unser Abenteuer vertieft, dass mir erst auf dem Sandstrand die Fußspuren auffielen, die nicht von uns stammen konnten. Es waren große Stapfen, die im Mondlicht beständig zwischen unseren auftauchten. Stark und dunkel lagen sie da, festgedrückt im Sand. Ich weiß nicht, ob Catherine sie auch bemerkte, aber sie verstummte zusehends und zog sich vor mir zurück.

Am nächsten Tag gingen wir nicht mehr auf die Suche.

Die Blicke, die Angus ihr schickt, sind voller Verzweiflung und Wut.

Doch mich lässt der vermeintliche Schatz nicht los. Wenn es die Umstände zulassen, werde ich zurückkehren.

Beglückwünschen kannst du dann deinen lieben Schatzgräber.

Felix

dreizehn

Sie saßen sich am Tisch gegenüber. Ian hatte erst zu Callum laufen müssen, um sich Papier und Federn zu leihen. Bei ihnen wurden keine Briefe geschrieben. Ian hatte manchmal, wenn seine Mutter an ihre Eltern geschrieben hatte, unter ihren Brief seinen Namen in krakeligen Buchstaben gesetzt. Doch seit dem Tod der Mutter war kein Brief mehr verschickt worden.

Ian breitete seinen Bogen Papier vor sich aus, wie auch Timothy es getan hatte. Timothy holte zwei Tassen und gab ihm eine davon.

»Stell sie auf den oberen Rand, dann rollt sich das Papier nicht ein.«

Das Tintenfass stand zwischen ihnen. Ian sah, dass sein Vater begonnen hatte zu schreiben. Sein Bogen war schon am oberen Ende mit Buchstaben gefüllt. Timothys Hand sauste hin und her wie am Webstuhl. Dann und wann hielt er inne. Es war ganz still, bis es wieder kratzte und riss, ganz anders als die Geräusche in der Webstube. Es war, als ob das Papier sich wehren müsste gegen die starke Feder, gegen die Tinte. In der Webstube war alles eins: sein Vater, der Webstuhl. Sie liefen zusammen; es war mehr ein Gesang als ein Klappern und Schlagen.

Ian sah auf sein Papier; es lag ganz glatt und groß vor ihm.

Liebe Tante Erin,

dies ist mein erster Brief und er handelt von den Schachfiguren, die ich am Strand gefunden habe. Sie lagen im Sand und haben mich angeschaut.

Ich wusste zunächst nicht, dass es Schachfiguren sind. Sie sehen aus, als ob sie einen kennen würden. Und als ob man sie beschützen müsste.

Ian sah seinen Vater am Fenster stehen. Er verdeckte das ganze Fenster, so groß war er. Man sah nur den Umriss seines Körpers. Am Rand schien es, als schimmerte das Licht durch seinen Körper hindurch.

Nun drehte er sich um, setzte sich, nahm die Feder und schrieb weiter.

Wir können die Figuren nicht hierbehalten. Es sind seltsame Figuren.

Es muss etwas geschehen.

Er sah, wie Ian sich über das Papier beugte. Die Haare fielen ihm in die Stirn, wahrscheinlich mussten sie geschnitten werden. Das Haar hatte er von Mary geerbt. Es war fein, nicht so borstig wie seines. Martha war all die Jahre seit Marys Tod vorbeigekommen, wann immer es ihr nötig erschienen war. Sie hatte sie nacheinander auf den Stuhl gesetzt und ihnen die Haare abgeschnitten. Jetzt aber wollte Timothy es gerne selbst tun.

Liebe Erin,

Ian hat vor einigen Wochen Schachfiguren am Strand gefunden. Wir haben sie zu uns geholt. Callum hat uns allen das Schachspielen beigebracht.

Er hat erzählt, wie ihr Schach gespielt habt. Er lässt dich grüßen.

Timothy stand auf. Vielleicht sollte er Callum bitten, für ihn weiterzuschreiben. Er konnte bessere Sätze formulieren. Erin und er waren gute Freunde gewesen. Er trat an das Fenster und sah hinaus. Man musste Hamish Bescheid geben, falls Erin kommen sollte. Timothy wusste nicht, wie er reagieren würde.

Der Mann, der sie uns abkaufen wollte, hieß Mr Bakken. Er hat mit Vater gestritten und sich sehr aufgeregt, als Vater sie ihm nicht gegeben hat. Ich hoffe, dass er nicht wiederkommt. Er hat laut gesprochen und ich hatte ein bisschen Angst vor ihm. Vater sagt, wir müssen die Figuren fortgeben. Ich möchte, dass sie es gut haben.

Als Ian aufsah, blickte er direkt in die Augen seines Vaters. Ian fühlte sich nicht beobachtet wie sonst, sondern er ruhte sich zum ersten Mal in dem Blick des Vaters aus. Als dieser den Blick senkte und weiterschrieb, war Ian warm.

Für Ian brauchen wir eine gute Lösung. Ich habe mich gefragt, ob du nicht herkommen und dir die Figuren ansehen könntest? Du weißt, ich verstehe nichts von diesen Dingen.

»Ich weiß nicht, wie ich Tante Erin die Figuren beschreiben soll.«

Ian hob in Anbetracht von Timothys leisem Murmeln den Kopf. »Wir können sie aufmalen, dann sieht sie, wie sie aussehen.«

Timothy dachte nach. »Ich kann in den Pub laufen und einige holen. Wir stellen sie in die Mitte des Tisches und zeichnen sie direkt ab. Vielleicht gelingt es uns.«

Ian stand auf. Noch zögerte er, aber schlussendlich ging er in die Kammer und holte den Krieger aus der Mauerritze. »Ich habe ihn behalten, Vater. Es ist derjenige, den ich zuerst gefunden habe. Ich möchte ihn nicht fortgeben.«

Ian stand mit eingezogenem Kopf vor seinem Vater. Er hielt die Figur in der Hand, bereit, sie ganz zu umschließen, falls Timothy danach greifen sollte.

Aber stattdessen begann er zu lachen.

Ian wusste nicht, was er davon halten sollte. Doch als er nicht mehr aufhörte, lachte Ian mit. Er stellte sich ganz dicht zu seinem Vater, sodass sie sich fast berührten. Und da nahm Timothy ihn in die Arme.

Sie hatten den Krieger auf eine umgestülpte Tasse gestellt, wie auf ein kleines Podest. Ian begann mit dem Gesicht. Er versuchte, die Augen genau gleich zu zeichnen. Das erste war einfach, aber das andere verrutschte immer wieder oder wurde kleiner. Er versuchte es wieder und wieder, bis er schließlich etliche kleine Gesichter auf seinem Blatt vor sich versammelt sah. Die Musterung am Rand des Helms war ihm gut gelungen. Mit viel Sorgfalt malte er den Bart. Er schaute auf den Schild und zeichnete die Form und das Wappen darauf genau ab. Auch das Schwert legte er dem Krieger mit präzisen Strichen in die Hand, sodass, als er fertig war, die Figur in einzelnen Bildern über das ganze Blatt verteilt war.

Sein Vater schätzte mit dem Blick die Proportionen und machte schnelle Striche über das Papier, nach oben und unten, rechts und links, die Figur begrenzend. Dann begann er mehr zu skizzieren als deutlich abzuzeichnen und warf in einer schnellen Bewegung die ganze Figur auf das Papier.

Währenddessen unterhielten sie sich mit dem Krieger. Sie fragten ihn nach seinem Zuhause, ob er Heimweh danach habe, in wie vielen Kriegen er gekämpft hätte und gegen wen. Sie erzählten ihm, dass seine Kameraden zusammengewürfelt in einer Kiste lagen. Er hätte es besser hier bei ihnen. Manchmal schien es ihnen, als ob der Soldat zuhörte.

Als sie fertig waren, tauschten sie die Blätter aus. Ian sah nun den ganzen Krieger vor sich. Er wirkte beinahe größer als in Wirklichkeit.

»Das ist ein wundervolles Bild«, sagte Ian beeindruckt. »Ich wusste nicht, dass du so gut malen kannst.«

»Früher habe ich gerne gezeichnet. Als ich ein Junge war, ein bisschen älter als du jetzt. Es gab damals den alten Adair. Er war ein Trunkenbold, konnte aber mit einigen Strichen auf dem Papier die schönsten Dinge wiedergeben. Er saß oft im Pub und zeichnete die Leute. Damit verdiente er sich seinen Whisky. Von ihm habe ich mir einiges abgeschaut.«

Ian starrte seinen Vater ungläubig an. Er konnte nicht glauben, dass sein Vater einmal so jung wie er gewesen war.

»Später kam die viele Arbeit. Dann habe ich meine Freude am Zeichnen wohl irgendwie vergessen.«

Timothy schaute auf Ians Zeichnung. »Du hast alles so genau abgezeichnet, sieh einmal hier am Kopf und die Augen. Das hätte ich nicht besser gekonnt.«

»Die Augen waren das Schwerste.«

»Ja, man muss aufpassen bei den Augen.«

»Du kannst so gut zeichnen, Vater. Würdest du mir auch ein Bild von der Figur malen?«, fragte Ian vorsichtig. Er wollte das Blatt nicht mehr loslassen.

»Gefällt es dir so gut? Du hast doch deinen Krieger und kannst ihn immer ansehen.«

»Es wäre einfach schön, ein Bild von ihm zu haben. Wenn wir es aufhängen würden, hier im Zimmer, dann wüssten alle gleich, dass wir hier wohnen.«

»Ich werde es machen, aber erst müssen wir sehen, dass Tante Erin den Brief bekommt.«

Sie falteten die Bögen und Timothy schrieb die Adresse darauf.

»Morgen früh geben wir den Brief Farlan mit. Er fährt hinaus nach Ullapool und von dort wird er ihn für uns abschicken.«

vierzehn

Die Wellen schlugen an den Strand, kräuselten sich und bildeten aus Meeresschaum und kleinen Treibholzstücken wandelbare Figuren. Ansgar sah Tänzerinnen, die sich reckten, blühende Blumen und huschende Tiere, die hintereinander herliefen und sich einzuholen versuchten. Sobald sie sich erreichten, stürzten sie übereinander her und verschlangen sich gierig. Aus dem brodelnden Kampf entstanden neue Figuren, die ihr kurzes, vergängliches Leben begannen und im nächsten Moment wieder verlöschten.

Ansgar stand da und schaute. Er verfolgte die Wellen, sah ihnen zu, wie sie ihr Spiel vor seinen Augen trieben.

Da war nichts in ihm, keine Freude, auch kein Ärger über Timothys Absage; er stand nur da. Langsam löste er seine Augen vom Meer und sah zum Himmel.

Auch die Wolken zeigten unbeständige Bilder, große dunkle Gesichter, das Mienenspiel wechselnd, als wären es kleine Kinder, die sich nicht entscheiden konnten, welchem Gefühl sie nachgeben sollten.

Es war zu viel Bewegung überall.

Ansgar ging den Weg ins Dorf zurück. Der Sand knirschte unter seinen Sohlen. Als er die Straße erreichte, bemerkte er den trockenen Geschmack in seinem Mund. Fast meinte er, den Sand der gottverdammten Insel zu kauen. Er brauchte etwas zu trinken, doch eine merkwürdige Scheu verbot ihm, den Pub aufzusuchen. Er bog ab zum Hafen und setzte sich dort auf ein paar Kisten, die zum Verladen bereitstanden. Mutlos starrte er wieder auf das Wasser. Überall Wasser, aber nichts, um seinen Durst zu stillen.

Da fielen die ersten Regentropfen auf Ansgars Stirn, als hätten sie seine Gedanken gehört.

Hier war kein Bleiben mehr.

Der Regen fiel nun dichter und er sah sich nach einem Unterschlupf um. Es gab keinen. Er stand auf, ging über die Straße und drückte sich mit steifen Beinen an eine Hauswand. Er begann zu frieren.

Unnachgiebig waren sie hier, starr und stur.

Er würde wiederkommen! Er würde sich die Figuren holen!

Ansgar sah hinaus in den düsteren Tag. Er konnte Handlanger anheuern. Sie würden die Figuren einfach stehlen. Bis die Inselbewohner überhaupt merkten, dass sie fort waren, wäre er schon weit weg. Er musste ein Boot finden. Er musste Männer finden. Doch zuerst musste er fort von hier! Wo blieb nur die verdammte Fähre?

Ein Mann kam vorbei. Er trug einen weichen Hut aus braunem Stoff. Die Regentropfen perlten an ihm ab. Der Mann lief an ihm vorbei, ohne ihn zu bemerken.

Ansgar schaute ihm nach. Ob er im Pub gewesen war? Sicher wussten alle schon über seine Niederlage Bescheid. Er hätte zu gerne etwas zu trinken gehabt.

Nun kamen drei Männer zum Hafen gelaufen. Sie fassten die Kisten, auf denen Ansgar gesessen hatte, und schoben sie näher zum Anlegesteg.

Einer der Männer sah auf und gab ihm mit der Hand ein Zeichen.

»Aye, die Fähre kommt!«

Woher er das wusste, blieb Ansgar verborgen. Er sah nichts als graue Düsternis. Wenig später schälte sich aus dem trüben Vorhang eine Silhouette, die durch die neblige Wand brach. Das Schiff legte an, Planken wurden gelegt, Taue geworfen, und Ansgar sprang mit großen Schritten an Bord. Er stellte sich in die kleine Kabine und sah durch das beschlagene Fenster, wie der Kapitän und ein Matrose an Land gingen und die wartenden Männer begrüßten. Sie gestikulierten unter ihren dicken Jacken, breitkrempigen Hüten und schweren Stiefeln. Als wären sie unförmige Tiere. Ansgar hätte der Anblick amüsiert, wenn er sich sicher gewesen wäre, dass sie nicht über ihn sprachen. Als sie ihr Palaver beendet hatten, griffen sie nach den Kisten und hievten sie an Bord. Die Taue wurden gelöst und der Kapitän trat mit einem kurzen Nicken an Ansgar vorbei zum Steuerrad. Er war ein großer Mann, mit scharfem Gesicht; seine kräftigen Finger drehten das Steuerrad routiniert, als er das Schiff aus dem Hafen manövrierte. Die Matrosen erstatteten ihm Bericht über das Wetter, die Windrichtung und mit wie vielen Knoten sich das Schiff seinen Weg durch die Wellen bahnte, den der Kapitän mit unbewegter Miene entgegennahm.

Ansgar sah auf einmal seinen Vater vor sich, unnahbar und Herr über jede Situation. Er würde es nicht billigen, wie Ansgar sich verhielt. Er würde kein gestohlenes Gut annehmen und seinem Sohn nicht die Hand schütteln über das gelungene Geschäft. Er würde wieder enttäuscht den Kopf abwenden.

Der König im Schachspiel hatte die gleichen Züge, die er auch an seinem Vater gesehen hatte, wieder und wieder. Fremd und streng sah er über das Spielfeld hinweg, als ob er um einen höheren Sinn wüsste, den Ansgar nicht erkennen konnte. Er hatte ein Schwert in den Händen, mit dem er umzugehen verstand. Trotzdem hielt er sich zurück, beherrscht und stets Herr der Lage, wartend, ob er in das Geschehen eingreifen musste. Wenn es nötig wäre, würde er zuschlagen, unerbittlich.

Gab es ihn wirklich, diesen höheren Sinn?

Der Kapitän drehte sich zu Ansgar. »Fahren Sie weiter nach Norwegen?«

Also wusste er über alles Bescheid. Das würde die Sache erschweren.

Aber für eine angemessene Bezahlung waren viele Menschen bereit, etwas zu riskieren.

»Ich hatte vor, noch hier zu bleiben.«

»Nun ja, es geht allmählich auf den Winter zu. Da muss man sehen, dass man ein Dach über dem Kopf hat.« Der Kapitän schaute stur geradeaus.

Der Regen klatschte gegen die Fensterscheiben. »So lange wird es nicht dauern«, erwiderte Ansgar kühl und verwünschte das Gespräch.

»Also Ullapool, hm? Und dann?«

Ansgar wurde so wütend über diesen überheblichen Kapitän, dass es ihm die Sprache verschlug.

»Timothy wird Ihnen das Schachspiel nicht geben«, fuhr dieser ungerührt fort. »Es wäre besser, Sie würden das Vorhaben aufgeben.«

»Ich weiß nicht, was Sie meine Geschäfte angeht«, zischte Ansgar erbost.

Der Kapitän zuckte kühl mit den Schultern. »Hier draußen werden Sie kein Glück haben.«

»Ach nein?« Ansgar kam in Fahrt. »Ich glaube nicht, dass Sie Herr über sämtliche Einwohner der Inseln sind. Die Matrosen unterstehen Ihnen vielleicht, hier auf Ihrem lumpigen Schiff.« Ansgar zeigte mit abfälliger Gebärde über den kleinen Raum und das Deck. »Aber ich kenne die Menschen! Ich weiß, womit man sie überzeugen kann!«

»Das sehe ich nicht.« Mit ruhigen Bewegungen drehte der Kapitän an dem Steuerrad, und kaum merklich änderte das Schiff seinen Kurs hin zu Ullapool. »Sie sind gescheitert.«

Ansgar holte tief Luft.

Der Kapitän wandte sich vom Steuerrad ab und sah ihn nun direkt an. In seiner Stimme lag eisige Endgültigkeit. »Gehen Sie nach Hause, Mr Bakken.«

Ansgar stieß die Luft aus.

Der Kapitän neigte sich zu ihm. »Es ist zu Ihrem Besten.« Es hörte sich wie eine Drohung an. »Gehen Sie heim.«

Er drehte sich wieder zu seinem Steuerrad und ließ Ansgar stehen.

Zum zweiten Mal einfach abgefertigt zu werden, war ihm zu viel.

Ansgar trat neben den Kapitän.

»Was fällt Ihnen ein, so mit mir zu sprechen?«, schrie er. »Was seid ihr hier für Leute? Glaubt ihr, euch gehört die Welt? Nein, die Welt dreht sich in schwindelerregender Geschwindigkeit und ihr werdet abgeworfen von diesem Karussell und landet im Vergessen, im Abseits, im Nirgendwo.«

Ansgar warf seine Hände abfällig nach unten und berührte dabei versehentlich das Steuerrad. Der Kapitän griff blitzschnell nach Ansgars Hand und hielt sie umfasst. Er drückte sie fest zwischen seinen schwieligen Fingern. »Fühlen Sie das, Mr Bakken? Fühlen Sie dieses Holz unter Ihrer Hand? Das ist die wahre Welt. Mit diesem Steuerrad befahre ich die Meere und steuere mein Schiff sicher in so manchen Hafen.

Erzählen Sie mir nichts von Fortschritt! Ich habe täglich Verantwortung zu tragen auf meinen Fahrten. Das wird sich nicht ändern. Ich stehe hinter dem Steuer, Mr Bakken. Und wo stehen Sie?«

Er ließ Ansgars Hand abrupt los, sodass dieser ins Taumeln geriet.

»Machen Sie sich nicht lächerlich mit Ihren Reden!«

Ansgar stolperte und griff Halt suchend um sich. Der Kapitän zog ihn mit einem Arm zurück in den festen Stand, sodass sich Ansgar wieder fangen konnte. Sie standen einander lange starr gegenüber, bis der Kapitän ihn losließ.

»Meine Männer kommen.«

Ansgar trat beiseite, um die Matrosen durchzulassen, und ging zum Bug der Fähre. Ullapool lag still vor ihm, nur das »Yellows« rief von fern. O'Malleys Idee mit den Fensterläden war hervorragend. So konnte man Aufmerksamkeit erregen.

Ansgar stützte sich auf die Reling.

Er selbst ging seinen eigenen Weg im Verborgenen. Das war die Welt, die er beherrschte. Er würde weiter so handeln – geheim, verschwiegen, allein.

fünfzehn

John konnte auf seine Spaziergänge auf dem Festland nicht verzichten, und als er das nächste Mal von der Fähre stieg, sah er sich Mr Bakken gegenüber, der offensichtlich auf ihn gewartet hatte. Er hatte gehört, wie die Inselbewohner über ihn gesprochen hatten, und wäre ihm gerne ausgewichen, doch Mr Bakken ließ ihm dazu keine Gelegenheit. Erst streckte er John die Hand entgegen, dann nahm er ihn beim Arm. »Guten Tag, Mr Mar«, sagte er und lächelte. »Ich freue mich, Sie vor meiner Abreise noch einmal sehen zu können. Es zieht mich weiter. Ich bin immer unterwegs, das macht mein Leben aus. Gehen wir ein paar Schritte?« Er komplimentierte John aus dem Hafen, ohne eine Antwort abzuwarten, und ging leutselig plaudernd durch das Dorf zu dem befestigten Weg, den sie schon einmal gegangen waren.

»Erst werde ich natürlich London besuchen, dann auf das Festland übersetzen. Paris ist wunderbar und so anregend! Später dann Italien.

Ich muss gestehen, dass es das erste Mal ist, dass ich eine Unternehmung in das Land, wo die Zitronen blühen, plane. Doch in Anbetracht der Möglichkeiten, die sich mir dort bieten, kann ich mir das nicht entgehen lassen.« Er blieb stehen. »Vatikanstadt – unendliche Schätze und Reichtümer, alle unter einem Dach. Ist das nicht sagenhaft? Das wollte ich mir immer einmal ansehen. Was haben Sie für Ideen für Ihre Zukunft, Mr Mar?« Er sah John kurz an, erwartete aber erneut keine Antwort. »Ich bin sehr begierig auf das Reisen und die damit verbundenen Eindrücke. Man trifft die unterschiedlichsten Menschen und lernt immer etwas Neues kennen. Von Ihnen auf Ihren Inseln war ich doch ein wenig aufgeschreckt, wenn ich mich Ihnen gegenüber so offen äußern darf. Ich fühlte mich recht grob behandelt. Für Sie gilt das natürlich nicht. Sie haben tadellose Umgangsformen. Aber Mr Barburn war ausgesprochen unhöflich, das muss ich schon sagen. Auch die anderen Männer dort bei Ihnen. Ich kann nur annehmen, dass sie den Umgang mit Fremden nicht gewohnt sind.« Er holte tief Luft, während sie die Treppen nach oben stiegen.

»Timothy tut es sicher leid.« Johns Blick wanderte zu den Möwen, die über ihnen ihre Bahnen zogen.

»Nun, das mag schon sein. Es war mir wohl eine Lehre. Vielleicht bin ich auch ein klein wenig selbst der Schuldige.« Mr Bakken fuhr sich durch die Haare. »Ich lasse mich von meiner Entschlusskraft leiten. Ich sehe die Dinge meist klar und deutlich vor mir.« Er sah auf das Meer, als wolle er beweisen, wie scharf er selbst in die Weite sehen konnte. »Nun«, fuhr er fort, »es wird sicher noch andere Gelegenheiten geben.«

Sie standen nebeneinander und beobachteten, wie eine weitere Fähre im Hafen festmachte. Ein feiner Sprühregen setzte ein.

»Darf ich Sie auf ein Gläschen im hiesigen Pub einladen?«, fragte Mr Bakken, bereits wieder im Weggehen begriffen, über seine Schulter.

John folgte ihm wortlos. Er war noch nie im Pub in Ullapool gewesen. Wenn es zu sehr regnete, stellte er sich unter sein weit ausladendes Dach und wartete, bis der schlimmste Regen vorüber war. Doch jetzt öffnete Mr Bakken mit Schwung die dicke Holztür und ließ John eintreten.

Der Pub war größer als bei ihnen. Mächtige Tische standen in der Mitte des Raumes und kleinere in den Ecken. Die

Möbel waren dunkel und die wenigen Lampen flackerten unstet. Mr Bakken lotste John in eine Ecke und legte Hut und Mantel ab. »Was darf ich Ihnen bringen?«

John schnürte sich aus seinem eigenen Mantel und gab keine Antwort.

»Nun, ich denke, wir nehmen dasselbe, wie?« Mr Bakken lächelte verbindlich und kam wenig später mit zwei großen Gläsern wieder.

»Auf Ihr Wohl!« Sie stießen an und nahmen kräftige Schlucke.

»Ich kann es wohl verstehen, dass es Sie immer wieder hierherzieht. Für das Inselleben muss man geschaffen sein. Obwohl, wenn man es recht betrachtet, jedes Land eine Insel ist.« Mr Bakken lachte über seinen eigenen Scherz. »Bei manchen merkt man es einfach nicht.«

John sah durch die trüben Scheiben nach draußen. Der plötzlich einsetzende Regen hatte schon nachgelassen. Die Luft im Raum war stickig.

»Wie oft unternehmen Sie Ihre Ausflüge nach Ullapool? Ist das nicht sehr aufwendig für Sie? Und, was gibt es für Neuigkeiten bezüglich der Figuren? Sie können sich denken, dass alles, was die Figuren betrifft, mein Interesse weckt. Übrigens habe ich hier niemand jemals Schachspielen gesehen. Ich bezweifle, dass die Leute wüssten, was ein Schachbrett ist, selbst wenn es vor ihnen stehen würde. Nun, was können Sie mir berichten?«

»Ich kenne keine Neuigkeiten.«

»Ich bitte Sie, das kann ich mir kaum vorstellen, Mr Mar. Sie scheinen sehr vertraut mit allen Bewohnern der Insel zu sein.« Mr Bakkens Augen glänzten. »Und sicher weiß doch jeder, was Mr Barburn plant. Was hat er nun vor? Wird er die Figuren fortbringen? Oder wird er sie bei sich verstauben lassen?« Ein bitteres Lächeln machte sich auf seinem Gesicht breit.

»Oh nein! Er hat seiner Schwägerin geschrieben.«

»Seiner Schwägerin? Was könnte sie wohl in dieser Angelegenheit für ihn tun?«

»Sie führt Geschäfte.«

»Eine Frau? Das glaube ich niemals.«

»Es ist so. An sie hat Timothy geschrieben.«

Mr Bakken beugte sich vor. »Und so erhofft er sich eine Lösung?«

John nahm einen Schluck und zuckte die Achseln.

»Das wird ja immer schöner!« Mr Bakken rief es laut aus. »Erst verweigert er mir die Figuren und nun wirft er sie einem Weibsbild hinterher!« Er schlug mit der Faust auf den Tisch. »Und wann kann man die Dame erwarten?«

John zuckte wieder die Achseln. »Sie ist viel unterwegs.«

»Aha! Die Dame ist nicht sofort abkömmlich! Jetzt hören Sie mir einmal zu, Mr Mar.« Mr Bakken lehnte sich noch weiter nach vorne, sodass seine glasigen Augen direkt vor Johns Blick schwammen. »Mr Barburn und die anderen haben einen großen Fehler begangen, als Sie kein Geschäft mit mir abschließen wollten. Dass Sie mich so rigoros abwiesen, war unhöflich und zeugt von schlechten Manieren. Es tut mir leid, dass Sie da hineingeraten sind, denn Sie sind, so scheint es mir, ein anständiger Kerl.« Er stand auf, nahm Hut und Mantel. »Auf Wiedersehen. Obwohl, wahrscheinlich nicht.« Er hob den Hut zum Gruß und verschwand.

John blieb am Tisch sitzen, bis das Glas leer getrunken war.

Er nahm die nächste Fähre zurück.

Als er am Abend im Pub sein Ale bestellte, wandte Hamish sich ihm hinter der Theke zu. »Nun, John, wie ist es dir in Ullapool ergangen?«

Versunken drehte John das Glas, welches Hamish ihm reichte, zwischen den Fingern. »Mr Bakken kam und lud mich in den Pub ein.«

»Habe ich richtig gehört?« Stuart, der neben ihm stand, wandte John ruckhaft den Kopf zu und starrte ihn entgeistert an. »Du hast dich mit Mr Bakken getroffen?«

John konnte seinen Atem riechen. Er roch säuerlich und nach Ale.

»Er hat mich an der Fähre abgepasst.«

»So, er hat dich abgepasst.« Mathew rückte von der anderen Seite an John heran. »Was hatte er denn zu sagen, dein Mr Bakken, hm?«

»Er findet, wir sind schlecht erzogen.« John drehte sich von Mathew fort, sah aber nun Farlan in die Augen, der sich hinter ihn gestellt hatte.

»Aha!«, sagte Farlan abfällig und kleine Spucketröpfchen sprühten angesichts seiner feuchten Aussprache auf Johns Wangen. »Das ist doch interessant, dass ihr euch über dieses Thema austauscht.«

Stuart rückte auf der anderen Seite noch näher an ihn heran, sodass John sich kaum bewegen konnte. »Das finde ich auch, Farlan. Über was sie sich wohl sonst noch unterhalten haben?« Stuart sah in die Runde. »Wir würden hier alle gern erfahren, was Mr Bakken über uns zu sagen hat.«

»Lasst ihn in Frieden!« Callum drängte sich durch den Kreis, der um John entstanden war. »Komm, John.« Er nahm ihn am Arm und führte ihn durch die Gruppe von Männern, die ihnen nur widerwillig Platz machten, zu einem Tisch. »Setz dich, trink dein Bier und dann erzählst du uns in Ruhe, was sich mit Mr Bakken zugetragen hat.«

John saß steif auf dem Stuhl und rieb über die Wassertröpfchen, die am Glas zwischen seinen Händen kondensierten und unter seinen Fingern zu Schlieren wurden. Erst als er über alle Tropfen gefahren war, sah er auf.

Callum sprach leise, als er das Wort an John richtete. »Wie war das mit Mr Bakken?«

»Er kam im Hafen zu mir.«

Die umstehenden Männer flüsterten. »Ruhe!«, rief Callum und wandte sich wieder John zu. »Er kam zu dir?«

»Wir gingen ein paar Schritte im Hafen.«

»Hm«, machte Callum, der die Ausflüge Johns nie so recht nachvollziehen konnte. »Was sagte er?«

»Er verreist.« Die Männer atmeten auf.

»Das heißt, er ist jetzt fort?«

»Ich weiß es nicht.«

»Was hat er über uns gesagt?«, fragte Callum behutsam und die Männer rückten näher.

»Dass wir unhöflich seien.«

»Nun, das kann man von ihm auch behaupten«, mischte sich Farlan in das Gespräch, wurde aber sofort durch den strengen Blick Callums zum Schweigen gebracht.

»Was hat er sonst erzählt? Ging es auch um die Figuren?«

John nickte. »Er sagte, es sei ein Fehler, dass Timothy sie ihm nicht verkauft hätte.«

Callum war alarmiert. »Ein Fehler?«, fragte er nach.

John nickte.

»Er plant etwas.« Callum sah sich um.

»Wie kommst du darauf?« Farlans Interesse an dem Gespräch schien sich verflüchtigt zu haben, und er wandte sich halb ab, um ein weiteres Getränk an der Bar zu bestellen. »John sagt, er sei fort.«

»Das hat er nicht gesagt. Er weiß es nicht.« Alle sahen John an, der sich wieder seinem Glas gewidmet hatte.

»Was soll er denn tun?«, fragte Mathew. »Wir sind hier, die Figuren sind hier, alle beisammen.«

Callum wiegte seinen Kopf beunruhigt hin und her. »Ich bin erst zufrieden, wenn ich sicher weiß, dass er fort ist.«

»Du übertreibst, Callum.« Mathew verzog sein Gesicht angesichts des Misstrauens des älteren Mannes zu einem aufmunternden Lächeln.

»Was sollte denn geschehen?«

»Ich weiß es nicht. Das ist unberechenbar.«

»Ich denke, Timothy sollte davon erfahren.« Erst jetzt ergriff Hamish das Wort. All das gefiel ihm nicht.

Callum sah ihn dankbar an. »Das ist ein guter Gedanke. Komm, John, wir gehen.« Er zog John von seinem Stuhl, behängte ihn mit Mantel und Hut und schob ihn zu der Tür.

sechzehn

Timothy und Ian saßen vor ihren Kartoffeln, als es klopfte.

Ian hatte seinem Vater eine verworrene Geschichte erzählt, die er von einem Matrosen im Hafen aufgeschnappt hatte. Der Matrose hatte seiner Zuhörerschaft von einer schwimmenden Insel berichtet, die immer genau dann aus dem Meer aufstieg, wenn ein Matrose durch menschliche Gewalt auf einem Schiff zu Tode kam. Die Seelen dieser armen Männer wurden direkt, ohne den peinigenden Umweg über das Fegefeuer, auf die Insel versetzt und lebten dort in einem Zustand größter Freude.

»Kannst du das glauben?« Ians Stimme überschlug sich vor Aufregung, und er stellte Überlegungen darüber an, ob es sich nicht doch lohne, auf einem Schiff anzuheuern. Timothy hingegen fragte sich wieder einmal, was Ian am Hafen verloren hatte, so fern ab jeglicher Arbeit, die verrichtet werden musste. Doch er lächelte.

»Sieh nach, wer das ist.«

Ian sprang auf und öffnete Callum und John die Tür.

»Was führt euch her?« Timothy erhob sich von seinem Stuhl und reichte beiden Männern die Hand. Er machte Ian ein Zeichen, der daraufhin den Stuhl aus seinem Zimmer heranschleppte, sodass die beiden Männer sich setzen konnten. Ian hockte sich auf den Boden.

»John hier«, begann Callum, »war heute in Ullapool.«

»Das kommt wohl öfter vor.« Timothy lächelte John freundlich zu.

»Mr Bakken ist an ihn herangetreten.«

»Wie bitte?« Jetzt wurde Timothy aufmerksam. »Was wollte er?«

»Er wollte wohl vor allem deutlich machen, dass er erzürnt über den Ausgang der Sache ist. Aber ich traue ihm nicht. Ich bin beunruhigt.«

»Was meinst du?« Timothy sah verwirrt von Callum zu John.

Callum wirkte nervös. »Vielleicht nur ein Gefühl, eine Ahnung. Mr Bakken ist ein merkwürdiger Mensch.«

»Das ist wahr. John, hast du auch so eine Ahnung?« Timothy wandte sich an John, der das Bild von dem Krieger, das Timothy für Ian gemalt hatte, betrachtete.

»Er war sehr wütend auf dich«, sagte er.

»Das macht mich so besorgt«, mischte sich Callum ein. »Wir wissen nicht, was er plant. Ob er etwas plant.«

»Wir müssen die Figuren vor ihm verstecken! Am besten da, wo er sie nicht finden kann.« Ian war aufgeregt. »Dann kann er kommen und findet nichts.«

Die anderen musterten ihn.

»Aber warum eigentlich nicht?« Callum stand auf und ging langsam in dem kleinen Zimmer auf und ab, bevor er am Fenster stehen blieb und in das trübe Grau des Tages hinausblickte. Dann drehte er sich wieder zu den anderen um. »Wie wäre das? Nur als Vorsichtsmaßnahme. Wir vergeben uns nichts und die Figuren sind sicher, bis Erin eintrifft. Komm schon, Timothy«, drängte er.

»Wenn sie kommt«, antwortete Timothy leise. »Aber warum nicht.« Er raffte sich auf. »Bringen wir sie in ein gutes Versteck.«

siebzehn

»Schon wieder dieses elende Meer«, dachte Ansgar, als er auf dem kleinen Boot, das er samt zwei Brüdern als Besatzung für gutes Geld gemietet hatte, in der Dämmerung zu den Inseln fuhr. Er hatte den Eindruck, ihr Boot dümpelte wie ein Ast auf der unruhigen Oberfläche. Wenn er sich je irgendwo niederlassen würde, dann in einer Stadt wie Paris. Dort hatte man Zugang zu allem, was man brauchte. Hier waren schon die Fortbewegungsmittel begrenzt. Er hatte die Brüder im Pub angesprochen und sie hatten sich ohne Kommentar zu der Fahrt bereit erklärt. Ansgar wusste, dass es reines Glück gewesen war. Aber schließlich hatte er in dieser leidigen Angelegenheit auch einmal Glück verdient. Nun waren sie seit zwei Stunden unterwegs und

Ansgar meinte in der Ferne etwas schimmern zu sehen. Also kamen sie wohl doch voran. Er setzte sich auf. Die Brüder saßen dicht beieinander. Sie hatten sich die ganze Fahrt über leise miteinander unterhalten. Ansgar sah nach vorn. Das Licht wurde deutlicher, es flackerte in der einsetzenden Dämmerung.

Damals war es die Morgendämmerung, als Ansgar sich mit Todesverachtung im Blick in die Kutsche gesetzt und denselben Weg wie am Vortag zur Mine gefahren war. Herr Knudsen hatte es abgelehnt ihn zu begleiten. So saß Ansgar allein auf der hölzernen Bank und hielt die Augen geschlossen, bis die Kutsche zum Stehen kam und ihm ein Angestellter die Tür öffnete. Er wurde zum Direktor der Mine geführt, der ihn ohne weiteres Federlesen wiederum an einen Arbeiter verwies, der ihn vor der Bürotür erwartete. Ansgar nickte steif und folgte dem Angestellten durch das Gebäude nach draußen, über einen weiten Platz bis zum Eingang der Mine. An der Treppe sah er sich einem alten, von harter Arbeit gebeugten Mann gegenüber, der ihn aus trüben Augen, die von langen Tagen unter der Erde sprachen, musterte. »Kommen Sie«, sagte er. Ansgar folgte ihm die steilen Stufen hinab. Anfangs waren noch Geländer angebracht, an denen sie sich halten konnten, doch bald standen sie auf einer Sohle, von der es nur noch über Leitern abwärts ging.

Sie ließen jegliches Tageslicht hinter sich. Ansgar hielt sich dicht hinter seinem Führer, der ihm dann und wann eine knappe Warnung zuraunte, wenn seine Füße drohten, die Stufen zu verfehlen. Die Dunkelheit, in die sie hinabstiegen, nahm Stufe für Stufe zu. Am Fuße der dritten Leiter wartete der alte Mann auf Ansgar. »Wir gehen hier entlang«, sagte er. Ansgar schien es, als hätten die Augen des Bergmannes sich in der Finsternis aufgeklärt. Sie leuchteten.

Sie folgten einem schmalen, düsteren Gang. Waren ihnen anfangs noch andere Arbeiter begegnet und mit ihnen eine gedämpfte, schweigende Geschäftigkeit, lediglich durchbrochen vom Stöhnen und Ächzen der Männer und des Gesteins, lenkte ihn der Mann nun durch einen Gang, der, so vermutete Ansgar, stillgelegt war. Ansgar strich mit seinen Händen am Gestein entlang. Er spürte Feuchtigkeit, die kühl und sanft die darunter liegende Härte des Steins ummantelte. Seine Fingerspitzen blieben immer wieder an Unebenheiten hängen, die sich ihnen keck entgegenstellten und schmerzhafte kleine Abschürfungen verursachten. Er nahm seine Hände trotzdem nicht von den rauen Wänden.

Je tiefer sie in den Gang eindrangen, desto wärmer wurde es. Ab und zu zweigten weitere Gänge ab und leichte, nach Erde und Stein riechende Winde aus der Tiefe des Erdreiches schienen an den Kreuzungen zu spielen.

Der alte Mann blieb jedoch auf seinem ursprünglichen, schnurgeraden Weg, ohne sich aufzuhalten. Ansgar musste sich nun bücken.

Er fühlte sich seltsam gehalten von dem Gestein um ihn herum; es begann auf ihn zuzuwachsen und ihm eine neue Hülle, eine neue Haut zu schaffen. Es war für ihn ein sinnliches Vergnügen, den Formen im Gestein nachzufahren, mit den Schultern, den Armen, dem Rücken, ihre Unebenheiten vorauszuahnen und seinen Körper an diese anzupassen. Konvexe Buckel drängten sich ihm entgegen, als wollten sie ihn zu etwas auffordern, was er selbst nicht verstand.

Große Einschübe, die aus der Wand in den dem Stein abgerungenen Tunnel ragten, ließen ihn einen Moment straucheln, doch nie blieb er schutzlos dem plötzlichen Schwindel ausgesetzt; sofort nahm ein weiteres Element der vorhandenen Gesteinsstruktur ihn auf. Ansgar genoss das Wechselspiel.

In dieser Tiefe, in dieser Erde fühlte sich Ansgar verstanden. Der Weg war in der Tiefe vorgezeichnet; es gab keine moralischen Bedenken, nur Beugung. Man tat, was man tat.

Der Bergmann blieb stehen. »Hier, sehen Sie?« Er zeigte weiter den Gang entlang. Erst jetzt nahm Ansgar die Farben wahr. Die Wände glänzten nicht hell und einheitlich, sondern es regneten immer wieder Schauer von türkisen und roten Schattierungen die Wände herab. Die Farben schienen beweglich und mischten sich untereinander, sodass sich ein einzigartiges Spiel verschiedenster Kolorierungen vor Ansgars Augen entspann.

Der Bergmann zog aus den Taschen seiner dunklen Uniform einen Hammer und einen Meißel hervor. Er hielt sie Ansgar entgegen und nickte ihm aufmunternd zu. Ansgar lehnte sich an eine Wand und versuchte, mit dem Hammer die schmale Rückseite des Meißels, den er auf die funkelnden Steine gerichtet hatte, zu treffen. Erst rutschte ihm der Meißel aus, doch schließlich brach ihm ein winziges Bröcklein aus dem Gestein vor die Füße. Ansgar bückte sich und betrachtete den Stein. Der Bergmann klopfte ihm auf die Schulter. »Sehen Sie?«, fragte er erneut.

Am Abend stand Ansgar vor seinem Vater und legte den Stein vor ihn auf den Tisch.

Sein Vater sah auf. »Hast du es dieses Mal geschafft?«, fragte er, ohne größeres Interesse oder Anteilnahme in der

Stimme. »Nun lernst du unser Geschäft besser kennen.« Er wandte sich wieder seiner Zeitung zu.

Ansgar drehte sich um und verließ ohne ein weiteres Wort das Zimmer.

Auf dem Boot beugte sich einer der Brüder über Ansgar, um ein Tau zu fassen. »Wir sind gleich da, Mister.«

Sie legten in einer kleinen Bucht an, nahe am Hafen. Der eine Mann stieg aus, reichte Ansgar die Hand und zog ihn an Land. »Wir warten hier auf Sie.« Ansgar schulterte seine Tasche, nickte und machte sich auf den Weg. Er fand einen Pfad, der ihn zur Straße brachte.

Es war jetzt völlig dunkel. Er lief raschen Schrittes den Weg zum Pub, ohne jedoch jemandem zu begegnen. Er hatte eine Ausrede vorbereitet, falls ihn jemand ansprechen sollte, aber diese Mühe wäre nicht nötig gewesen. Sicher dachten alle, er wäre schon abgereist. Er stellte sich hinter eine kleine Mauer und wartete. Eine einsame Kerze stand in einem Fenster des Pubs, das einzige, spärliche Licht. Er hörte keinerlei Geräusche, außer dem leisen, fahrigen Säuseln des Windes und dem sanften Anschlagen der Wellen an den Strand. Er wartete, doch nichts geschah. Vielleicht war der Pub wegen eines Feiertags geschlossen, oder sie hatten sämtliches Bier verschüttet, oder im Kamin war eine jener großen, garstigen Möwen gelandet, die ihn nun verstopfte, oder der Pfarrer hatte jedem den Besuch im Pub verboten, um den Inselbewohnern auch noch das letzte Vergnügen zu nehmen. Aus welchem Grund auch immer der Pub zu hatte, es war ein Glücksfall für Ansgar. Er atmete aus, richtete sich auf und lief zur Tür. Hastig zog Ansgar einen Dietrich aus seiner Tasche. Er hatte ihn bereits bei einigen anderen Gelegenheiten benutzt und wusste damit umzugehen. Bei diesem einfachen Schloss hatte er keine Mühe. Schnell vernahm er das vertraute, leise Klacken, mit dem sich das Schloss öffnete. Er trat durch die Tür und schloss sie gleich wieder.

Wie nett von den sturköpfigen Inselbewohnern, ihm eine Kerze hinzustellen! Er orientierte sich kurz und wandte sich dann dem Tresen zu. Hier hatte der Wirt immer wieder nach unten gesehen, während er mit ihm gesprochen hatte. Ansgar war nicht dumm, und durch seine ausgeprägte Beobachtungsgabe war ihm schnell klar gewesen, dass der Wirt hier entweder seine eigenen Schätze hortete oder sich eine andere Kostbarkeit an dieser Stelle befand. Ansgar lächelte.

Er hob das Brett, das den Schankraum vom Tresen trennte, legte es leise auf der anderen Seite nieder und trat hinter den Tresen. Hier war es dunkler. Vorsichtig betastete er mit seinen Händen die Vorderseite der Ablage. Er fühlte raues, splittriges Holz, dahinter Gläser. Er bewegte sich Zentimeter für Zentimeter weiter. Hier fühlte er etwas Weiches, vielleicht Tücher zum Trocknen, dort viele Gegenstände aus Metall, Dosen und Besteck und daneben... Er erstarrte. Geschliffenes Holz, ein kleiner Kasten, wie der, den Timothy in Ullapool gehabt hatte.

Ansgar ließ sich auf seine Knie nieder und befühlte die Konturen der Schatulle. Er hob sie hoch und stellte sie auf den Tresen. Welch leichtes Spiel! Es drängte ihn, den Kasten zu öffnen. Ungeschickt und gehetzt fingerte er am Verschluss herum. Ein Splitter bohrte sich in seinen Finger und er fluchte leise. Er musste warten. Es war zu dunkel und er war unruhig. Auf dem Boot hatte er genug Zeit dafür. Das

Wichtigste war, hier ungesehen zu verschwinden. Er legte den Kasten in seine Tasche, lief wieder zu dem Durchgang in der Theke, ließ das Brett herunter und ging zur Tür. Dort sah er sich noch einmal um. Doch als sein Blick über die leere Schankstube schweifte, schien es ihm, als sähe er eine flüchtige Schattenbewegung im Fenster. Er verharrte, hielt die Luft an, sodass nur das leise Knarzen der hölzernen Diele, die unter seinem Gewicht ächzte, zu hören war. Er lauschte. Nichts. Er hatte sich getäuscht. Aber er musste sich beeilen. Rasch eilte er zur Tür.

»Jamie, hör auf zu drängeln«, wisperte Stuart vor dem Fenster, an das sich noch weitere Gestalten im Schatten der Nacht drängten. »Du verdirbst noch alles.« Callum, Timothy und Hamish warfen den beiden warnende Blicke zu. Beinahe hätte Mr Bakken sie gesehen, und Gott weiß, was dann passiert wäre. Noch durften sie ihre Deckung nicht verlassen.

»Vorsicht! Er kommt!«, meldete Farlan.

Die Männer zogen sich von den Fenstern zurück und bildeten einen weiten Halbkreis vor dem Pub.

Sie sahen, wie Mr Bakken, grau wie ein Schatten der Nacht in seinem vornehmen Anzug, aus dem Pub schlich, wobei er ihnen den Rücken zudrehte, um die Tür sorgsam zu verschließen. Er wandte sich erst erschrocken der Straße zu, als Timothy aus dem Dunkel trat.

»Mr Bakken!«

Ansgar sah sich den Männern gegenüber und erschauderte. Diese hinterhältigen Ratten hatten ihm aufgelauert! Wie konnten diese Hinterwäldler wissen, dass er ausgerechnet heute auf die Inseln kam? Es sei denn, die Brüder, die er angeheuert hatte, gehörten auch zu ihnen und lachten sich heimlich ins Fäustchen. Er wurde wütend, doch musste er einen kühlen Kopf bewahren.

Er stellte die Tasche vor sich ab und nahm das Kästchen heraus. »Hier«, sagte er. »Ich stelle es hierhin. Dann können wir reden.« Die Männer regten sich nicht, als Ansgar mit erhobenen Händen ein paar Schritte von dem Kästchen zurücktrat, das er auf die Türschwelle des Pubs gestellt hatte.

Niemand sprach, bis Ansgar schließlich erneut das Wort ergriff.

»Ich musste es versuchen. Ich habe meine Chance genutzt. Nun, es ist mir misslungen; das gehört dazu.« Er räusperte sich und machte noch ein paar Schritte, diesmal auf die Inselbewohner zu. »Ich glaube immer noch, dass Sie einen Fehler machen. Ich hätte Ihnen gutes Geld bezahlt. Das würde ich sogar jetzt noch tun.«

Die Männer kamen näher.

»Nun gut«, fuhr Ansgar fort und nahm seine Hände herunter. »Sie wollen nicht? Dann muss ich wohl aufgeben, wie?« Er versuchte zu lächeln, brachte jedoch nur ein gehetztes Grinsen zustande. »Was wollen Sie jetzt tun? Mich verhaften und einsperren? Ich kann mir die besten Anwälte nehmen; glauben Sie ja nicht, Sie könnten so einen Prozess gewinnen!«

Er blickte sich um. Die Männer sahen ihn nur an. Wieder ging er einige Schritte, versuchte, ihrem Kreis zu entkommen. »Im Grunde ist ja nichts passiert, nicht wahr? Ich kann Ihnen eine Entschädigungssumme anbieten, wenn Ihnen daran gelegen ist. Und wir können es unter uns ausmachen. Das wäre sicher einfacher und unkomplizierter, als die Behörden einzuschalten. Ich weiß nicht, ob Ihnen klar ist, wie lange sich so ein Prozess hinziehen kann. Das kann Jahre dauern.« Ihm wurde warm, seine Wangen glühten. »Also, wie viel verlangen Sie?«

Doch Timothy nickte nur Stuart und Mathew zu, die den Weg Richtung Hafen freigaben.

Ansgar sah Timothy an. Ihre Blicke trafen sich, und Timothys Kopf neigte sich erneut zu einem Nicken.

Langsam trat Ansgar aus dem Kreis und lief unsicher die Straße hinab. Niemand folgte ihm. Das Bedürfnis, sich noch einmal umzublicken oder die Straße entlangzurennen, war fast unwiderstehlich. Aber Ansgar beherrschte sich. Er ging langsam weiter.

Am nächsten Morgen stieg Ansgar ein letztes Mal die Treppen von Ullapool hinauf. Der Himmel war verhangen und ein unangenehmer Wind ließ ihn frösteln. Er hatte schlecht geschlafen und wollte sich, soweit es möglich war, von Menschen fernhalten.

Ein Mann trat auf ihn zu. »Mr Bakken«, sagte er. »Wie ich höre, reisen Sie morgen ab?«

Ansgar kam sein Gesicht vage bekannt vor.

»Kapitän Adams«, half der Mann aus. »Wir lernten uns auf Ihrer ersten Überfahrt auf die Inseln kennen.«

»Sicher«, sagte Ansgar.

»Was werden Sie nun tun?«, fragte der Kapitän.

Ansgar sah weder Schadenfreude noch Groll in seinem Gesicht.

»London«, antwortete er knapp.

»Da werde ich auch bald hinkommen. Ich fahre nicht mehr lange auf dieser Linie hier«, erwiderte der Kapitän.

»Ich bin für eine Überseefahrt vorgesehen, ausgehend von London. Waren Sie schon einmal drüben?«

»Amerika?« Ansgar staunte über den normalen Klang seiner Stimme. »Nein. Ich bin viel herumgekommen, aber dorthin noch nicht.«

»Ich fahre auch zum ersten Mal. Es soll dort drüben ungeahnte Möglichkeiten geben, das wäre doch etwas für Sie.«

Der Himmel wurde heller. Ansgar sah, wie ein Schiff durch das Meer pflügte, links und rechts weiße Gischt aufwerfend. Plötzlich lächelte er ein verloren geglaubtes Lächeln. »Was wäre, wenn ich es täte?«, dachte er.

August, 1829

Liebe Schwester,
nun ist es geschehen.

Ohne ein Wort wurde Catherine heute Morgen vom Constable abgeführt. Sie sah nicht zurück, sah niemanden an, mich nicht, ihren Vater nicht, der mit Tränen in den Augen um Fassung rang. Das ganze Dorf stand versammelt an der Straße, die Stimmung ungreifbar, als ob alle nicht mit dem Opfer, sondern mit ihr seien.

Nun ist sie fort. Mr McDonald sitzt den ganzen Tag apathisch am Tisch, vor sich eine Flasche Whisky. Die anderen um ihn herum. Ebenso stumm wie er stieren sie vor sich hin.

Wenn Angus nicht schon erschlagen wäre, so würde es ihm jetzt geschehen.

Es ereignete sich vor wenigen Tagen.

Seit dem Tanz begann sich unser Verhältnis zu ändern. Catherine nahm sich mir gegenüber mehr heraus. Sie erinnerte mich ein wenig an dich. Sie fragte ständig nach dem Fortschritt meiner Sinfonie, ließ sich die Themen wieder und wieder vorspielen, drängte mich weiterzuarbeiten, fertigzustellen, auszuwählen, umzuschreiben. Ich ließ mir die Behandlung gefallen und begleitete sie im Gegenzug auf ihren Gängen, zur See, zum Moor, über das Land. Wenn sie Besorgungen zu machen hatte, gab sie mir Bescheid und ich beendete die Arbeit, um mich ihr anzuschließen.

Wir sprachen nie viel.

Diese Inseln sind einzigartig. Die Torfstecher verschwimmen in der Ferne. Die Rücken tief über die Erde gebückt, stoßen sie zu, graben aus, schichten die armseligen Häuflein übereinander und hoffen, dass das Wetter hält.

Hundegebell, das Schlagen der Webstühle aus den Häusern, dann und wann ein Ruf und das Sausen des Windes sind die einzigen Geräusche im Nichts.

Angus zeigte sich nicht, doch wir wussten: er war da. Auch über ihn sprachen wir nicht. Wenn wir zurückkamen, saß er in der Schankstube in einer Ecke und rührte sich nur, wenn Catherine vorbeikam, um sein Glas zu füllen. Dann fasste er nach ihrer Hand und beschwor sie mit seinen Blicken, ihn zu erhören.

Catherine aber gab sich stets frei.

Sie spielte nicht mit ihm, auch bei mir tat sie das nie, so wie es sonst manchem Mädchen gefällt. Das ist nicht ihre Art.

Angus aber sog ihren Duft, ihre Gebärden, ihre Reden, ihren Anblick geradezu auf, als wolle er nichts mehr von ihr übrig lassen. Er handelte nach seinem Maß und sie gab ihm das ihre.

Am Tag darauf war sie nicht abkömmlich, um mich auf meinem Gang auf das Postamt zu begleiten.

Bei meiner Rückkehr lag er bereits tot in der Küche auf den Dielen.

Der Vater bei ihr und die Leute drumherum. Ohne Scheu hatte sie ihn einfach erschlagen. Keine Wut und keine Angst waren in ihrem Gesicht zu lesen. Klar stand sie da, aufrecht, wie diese Steine, die seit Jahrtausenden auf den Hügeln stehen und sich niemals fortbewegen. Jeder ist einzig und sieht hinaus auf das Meer.

Aufs tiefste erschüttert,
Felix

achtzehn

Mary wurde im August geboren. Der Tag war schwül, die Fenster weit geöffnet, trotzdem stand die Luft still wie eine strenge Gouvernante. Die Gebärende litt unter der Hitze, dem Stillstehen der Zeit, den Schmerzen, die in ihr auf- und abbrandeten, aber keine Erleichterung brachten. Sie sehnte sich nach einem Windhauch. Kühle Tücher wurden ihr auf die Stirn gelegt, doch das Wasser schien bei der ersten Berührung mit der trockenen Haut zu verdampfen.

Erin befand sich unter der Aufsicht ihrer Tante, die selbst noch ein halbes Kind war. Auch sie litten unter der Hitze und der Anspannung, die im Haus herrschte. Tante Fiona nahm Erins Hand in die ihre und führte sie von unten nach oben durch das Haus. Sie streiften durchs Wohnzimmer, setzten sich aufs geblümte Sofa und ließen die Beine baumeln. Dann statteten sie dem Esszimmer einen Besuch ab; der Tisch stand nackt und bloß. Seine Oberfläche war geölt; Fiona glitt immer wieder mit ihren Händen darüber, zur einen und zur anderen Seite. Es war ein angenehmes Gefühl auf der Haut.

Auch die Küche war leer. Ein einsamer Topf stand auf dem Herd, aber als Fiona den Deckel hob, fand sie nichts als Wasser. Im oberen Stockwerk lagen die Schlafzimmer. Hier herrschte unruhige Bewegung; die Türen gingen auf und fielen wieder zu; leise Stimmen kamen näher und entfernten sich. Fiona wusste, dass sie sich hier nicht aufhalten sollten. Also stiegen sie weiter die Treppe empor. Erin ließ sich jede einzelne Stufe hinaufziehen und lachte dabei. Unter dem Dach wohnte Annie. Hier sollten sie auch nicht sein, aber an diesem Tag war Annie unten beschäftigt und hatte keine Zeit, sie zu vertreiben. Fiona besah sich das schmale

Bett und zog die dunkle Decke glatt, die darüber lag. Erin wollte aufs Bett klettern, aber Fiona zog sie schnell am Arm herunter. Das Fenster lag so hoch, dass nur Fiona hinausschauen konnte. Auf der Kommode stand ein kleiner Blumenstrauß, der lila- und rosafarben leuchtete. Dass Annie Blumen haben durfte, erstaunte Fiona, und sie fragte sich, ob das schicklich sei. Sie fragte sich in letzter Zeit immer, was sich gehörte, und interessierte sich für die Regeln des Standes. Sie wollte auch so eine gute Heirat erlangen wie ihre Schwester. Fiona nahm die Vase, führte sie zu Erins Nase und sagte: »Riech einmal. Ist das nicht herrlich?«

Erin verstand nicht, was Fiona von ihr erwartete, und griff mit ihren Fingern nach den Blumen, fasste eine und wollte sie in den Mund stecken. Fiona griff schnell nach der Blume und ließ dabei die Vase los.

Das Wasser hinterließ kaum einen Fleck, doch die Vase lag in vielen Splittern auf dem Boden. Fiona fuhr so zusammen, dass sie alles andere fallen ließ, Erins Hand und die Blume. Dann begann sie zu schreien, was Erin wiederum erschreckte, sodass sie zu weinen anfing. Von unten tönten Rufe und Fiona ergriff Erins Hand und riss sie die Treppe hinab. Unten wartete Annie, ganz rot im Gesicht: »Erin, wir haben wieder ein kleines Mädchen!« Sie nahm Erin auf den Arm und ging mit ihr ins Schlafzimmer ihrer Schwester. Die Hebamme räumte das Zimmer auf; neben dem Bett stand die Wiege und Annie beugte sich mit Erin über sie. Erin sah das Baby und wollte sofort nach ihm greifen, doch Annie hielt sie fest.

»Schau, die Kleine braucht Ruhe. Bald kannst du mit ihr spielen.«

Fiona war ihnen nachgekommen. »Immer will Erin alles anfassen. Sie hat auch deine Vase kaputt gemacht.«

Annie legte den Arm um Fiona. »Ich glaube, heute ist das nicht so schlimm, was meinst du?«

Fiona sah sie zweifelnd an, doch es folgte tatsächlich niemals eine Strafe.

Marys Geburt an diesem heißen Augusttag war Erins erste Erinnerung. Erin selbst war ein Winterkind. Sie fühlte sich wohl, wenn der Schnee und der Frost kamen. In ihr loderte solche Wärme, dass sie die Kühlung von außen brauchte. Sie ließ vor allem Mary an der Wärme teilhaben und bemutterte sie zu jeder Zeit.

Mary wuchs zu einem molligen Baby heran, das jeden anlächelte, der sich ihr näherte. Mit Erin führte sie lange, brabbelnde Zwiegespräche.

Später stolperte sie mit dicken Beinchen an Erins Hand durch den Garten. Es war auch im Garten, wo sie ihre ersten Worte sprach. »Bume«, sagte sie, und »Erin«. Im Kinderzimmer spielten sie erfundene Spiele und immer bekam Mary die Rolle der schönen Prinzessin, die von Erin errettet wurde. Ausgestattet mit hellen Tüchern, die zu prächtigen Roben um den kleinen Körper drapiert waren, verfing Mary sich in den Stoffen, wenn sie aufstehen wollte. Sie tranken Tee mit ihren Puppen. Die Gespräche drehten sich um das Wetter.

»Ist es heute nicht wieder schrecklich heiß, Ms Spencer?«

»Oh ja, es ist unerträglich, Ms Carpender. Alle meine Rosen lassen die Köpfe hängen.«

»Meine Beine sind auch ganz geschwollen.«

Sie saßen bei Annie in der Küche, um zu helfen, und arbeiteten sich mit ungeschickten Fingern und stumpfen

Messern durch Obstberge, die sie anschließend kichernd verzehrten.

Mary holte sich alle Kinderkrankheiten, die sie bekommen konnte, und hütete oft das Bett. Hatte Erin sich auch angesteckt, erholte sie sich meist rasch, saß dann bei Mary und spielte ihr mit den Puppen kleine Theaterstücke vor. Und wenn Mary schlief, schlich sie sich leise aus dem Zimmer, um sie nicht zu wecken.

Als sie älter waren, lernten sie zusammen, denn der Vater war der Ansicht, dass auch Mädchen ein Recht auf Bildung hätten. Erin mochte das Lernen. Ihr Lehrer war ein alter Freund des Vaters, der sie in stiller, unaufgeregter Art unterrichtete. Er brachte ihnen Lesen und Schreiben bei, ein wenig Mathematik und Geografie. Erin begriff schnell und arbeitete fleißig und gewissenhaft. Sie führten ernsthafte Gespräche über Literatur und lasen gemeinsam die Werke von Shakespeare. Manchmal verteilten sie die Rollen und Erin lief, mit dem Buch in der Hand, eifrig gestikulierend im Zimmer auf und ab, mit lauter Stimme deklamierend:

»Schön ist wüst, und wüst ist schön. Wirbelt durch Nebel und Wolkenhöhn!«

Mary war nicht so bildungshungrig wie ihre Schwester. Ihr genügte es, Lesen und Schreiben zu lernen. Alles Mathematische lag ihr fern.

Erin bewunderte, wie sie malte, zarte kleine Aquarelle auf dickem Papier, und half ihr über die schlimmsten Klippen im Rechnen.

Einmal bekam Erin die Aufgabe, den Anbau und Verkauf von Tee als Aufsatz darzustellen. Sie lief in die Bibliothek, lief zum Hafen, lief zum Händler, befragte den Bibliothekar, den Reeder, den Händler. Sie stand in der Küche und schaute Annie so intensiv beim Bereiten des Tees zu, dass diese zittrige Hände bekam und Erin selbst das Tablett in die Wohnstube bringen musste. Ihr wurde mit einem Mal bewusst, wie privilegiert ihre Familie lebte und welche Vorzüge ihr daraus entsprangen.

Von nun an überdachte sie ihr Leben und ihre Gewohnheiten.

Sie begleitete Annie nun regelmäßig zum Markt, registrierte die verschiedenen Preise und bekam ein Auge für Qualität. Wenn Mary und sie ein neues Kleid bekamen, war sie nicht mehr so leicht zufriedenzustellen wie früher. Sie erkundigte sich nach den Arbeitsbedingungen der Näherinnen, wollte wissen, wo und wie lange sie nähen mussten. Erst wenn sie alle Informationen erhalten hatte, durfte das Kleid für sie geschneidert werden.

Bei Tisch debattierte sie mit ihrem Vater über ungerechte Löhne und Arbeitsbedingungen. Sie nahm kein Blatt vor den Mund, und es gab scharfen Tadel seitens der Mutter, doch der Vater versuchte sie mit Argumenten zu überzeugen, die sie ernsthaft aufnahm.

Erin überlegte sich, wie sie etwas verändern konnte, und half Annie beim Waschen, Putzen und Kochen. Sie räumte hinter Mary her, die gerne ihre Sachen liegen ließ, fragte die Mutter und den Gärtner nach Arbeit, lief stundenlang am Tay entlang und suchte mit jedermann das Gespräch. In einem kleinen Notizheft schrieb sie ihre Gedanken nieder und teilte sie mit Mary. Abends besprachen sie die Ereignisse des Tages und stellten fest (Erin stellte es fest), dass sich die Geschichten der Menschen glichen, die Lebensentwürfe ähnlich, beinahe austauschbar waren.

Nur für Geschichte im eigentlichen Sinn vermochte sie sich nicht zu interessieren, und das war schließlich der Grund dafür gewesen, warum sie zu der Reise durch Schottland aufbrachen.

Ihr Vater hatte in seiner Jugend eine Grand Tour nach Italien unternommen, über die er gerne sprach. Als die Mädchen sechzehn und achtzehn Jahre alt waren, nahm er die beiden eines Abends beiseite. »Die Reise hat mir in vielerlei Hinsicht die Augen geöffnet. Man muss sich umsehen und kann sich nicht darauf verlassen, dass es zu Hause am besten ist. Macht die Augen auf, Mädchen! Lernt aus dem, was ihr seht.«

Das taten sie.

Sie sahen die große Wildnis Schottlands. Die Berge, die in Hänge übergingen, sich im Schatten eines Felsens verloren, wo auf wundersame Weise Flüsse entsprangen, die in stillen Lochs mündeten und sich wieder über neue Hänge und Berge ausbreiteten. Sie standen am großen Moor, dem grausigen Schlachtfeld der düstersten Tage Schottlands, sahen auf die Erde herab und fühlten sich eins mit ihr und den Menschen, die vor langer Zeit dort ihr Leben gelassen hatten.

Der Regen, sein feines Plätschern, sein stetiges Rauschen, sein aufdringliches Begehren, reiste stets mit ihnen, als ständiger Begleiter. Hinter den Schlieren der Fenster ihrer Kutsche konnten sie oftmals nur erahnen, was ihnen entging. Stürme folgten ihnen auf dem Fuß, ließen sie erzittern und die Kleider schwer werden, sodass sie Mühe hatten, sich fortzubewegen. Kalt und klamm lehnten sie sich dann in der Kutsche aneinander und flüsterten sich wärmende Worte zu. Abend für Abend bürsteten sie die Säume ihrer

Kleider, trockneten Schuhe und Strümpfe und lächelten jedem Feuer, das sie erspähten, begehrlich entgegen.

Die Sonne zeigte sich unverstellter als daheim. In ihrem Schein fielen den jungen Frauen Dinge, die in der Heimat wohl unbeachtet geblieben wären, in ihrer ganzen Schönheit ins Auge: ein abenteuerlich geformtes Holzstück, ein Hirsch mit pelzigem Geweih, die verästelten Adern, die ein einziges Blatt durchzogen. Das klare Licht der Highlands erweckte sie.

Und die Sonne schien in Ullapool, als die Schwestern sich auf dem Markt umsahen und Erin Mary den blauen Stoff an den Körper hielt.

Dass Mary etwas anderes fand, als ihr Vater für sie erhofft hatte, erschreckte ihn. Er wollte nicht gelten lassen, dass seine Kleine, die stille, brave Mary, auf einmal solch einen Willen zeigte und unbedingt mit diesem Fremden auf die Inseln reisen wollte. Die Mutter sprach ihm zu, es sei nur eine Laune. Großzügig ließen die Eltern die Töchter ziehen.

Als dann die Briefe ankamen, in denen eine unerfüllbare Bitte nach der anderen gestellt wurde, begann der Vater zu verzweifeln; verfluchte seine Idee, den Töchtern Schottland nahebringen zu wollen. Er wurde unversöhnlich, sein Ton streng; er befahl den Mädchen unverzüglich zurückzukehren. Die Mutter hatte Mühe, ihn bei Gesundheit zu halten.

Als Mary sich strikt weigerte, war er einem Herzanfall nah. Nur Erin fand Worte, die ihn beruhigten. Er las ihre ausführlichen Briefe: die Schilderungen, was sie auf den Inseln erlebten, und wie glücklich Mary sei. Er beschloss, ihrem Rat zu folgen und ihnen einen Besuch abzustatten. Frisch und frei war Mary, lebendig in einer ansteckenden

Art, der auch ihr Vater nicht widerstehen konnte. Er erlebte auf den Inseln eine andere Tochter, als er bisher gekannt hatte. Dass er beide Töchter an die Inseln verlieren sollte, blieb ihm ein Trost, wusste er sie doch wenigstens zusammen.

Nach der Hochzeitsnacht, die für Mary und Timothy eine Offenbarung, für Erin und Hamish ein heimliches Gelöbnis bereithielt, fuhren die Eltern zurück nach Perth.

Erin haderte. Sie konnte sich wohl eingestehen, wie viel ihr an Mary lag und wollte sie keineswegs verlassen, fühlte sich auch zu Hamish hingezogen, doch ob das für den Rest ihres Lebens reichte? Waren die Inseln womöglich zu klein für sie? Was sollte aus ihren Plänen werden, ihrem Tatendrang, ihren Träumen?

Die Entscheidung wurde ihr ein paar Wochen später abgenommen. In aller Eile wurde die zweite Hochzeit ausgerichtet. Mary war überglücklich. Nun war sie es, die Erin umhegte und pflegte. Erin litt unter mannigfaltigen Beschwerden, die sie mit zunehmender Schwangerschaft so sehr auszehrten, dass sie zum Ende geschwächt war und strengste Bettruhe einhalten musste. Der Arzt fürchtete um die Mutter und sorgte sich um das Kind. Mary verschaffte ihr Erleichterung, wo sie nur konnte, und Hamish versuchte seiner Frau jeden Wunsch zu erfüllen. Doch es lag eine Schwere auf Erin, die sie nicht lenken konnte.

Die Schwangerschaft engte sie ein und sie verlor sich in wirren Fantasien, die sie vor den anderen verbarg. Sie träumte sich in Städte mit unzähligen Menschen, die sie alle kennenlernen könnte. Sie fand sich wieder in gelehrten Diskussionen und anregenden Debatten. Mit Denkern und Reformern unterhielt sie sich über die verheerenden Zustände des Landes und wie sie zu lösen seien. Überall musste man anknüpfen, aufbauen, aufklären. Sie verschlang jedes Buch, das ihr gereicht wurde, wie Nahrung. Erin wollte sich bewegen, doch sie lag gefesselt im Bett.

Als Martha eines Tages hereinschaute, hob sie kraftlos eine Hand.

»Es geht schon, Martha. Du musst dich nicht bemühen.«

»Oh, es bemüht mich nicht«, sagte Martha und schob sich einen Stuhl vors Bett.

»Mary ist mit Timothy im Garten. Sie wollen ein großes Beet anlegen, die Armen, auf diesem steinigen Boden. Nun kann ich dich endlich in aller Ruhe besuchen. Hast ja immer jemand um dich herum, da muss ich mir die Zeit richtig herausschneiden, nicht wahr?«

Erin lächelte müde.

»Callum und ich konnten keine Kinder bekommen, wusstest du das?«

Erin war entsetzlich verlegen. Sie murmelte eine unverständliche Antwort.

Doch Martha hörte gar nicht hin. »Für Callum war es schwer, nicht für mich. Callum hat darunter gelitten. Er wollte unbedingt einen Sohn und eine ganze Schar Mädchen. Er stammt selbst aus einer großen Familie, er hat elf Geschwister, vielleicht ist das dann so, dass man immer jemanden um sich braucht. Wir hatten nur die Stille. Seit Callum sich damit abgefunden hat, geht es besser, und auch er kommt zur Ruhe. Das heißt nicht, dass ich nicht auch gerne Kinder gehabt hätte. Ich wartete viele Jahre, genauso wie Callum. Aber mein Herz hing nicht so daran. Ich sehe die Welt, ich sehe die Menschen, und immer finde ich etwas, eine Lücke, in die ich hineingreifen kann, die ich ausfüllen kann. Es macht mir Freude, weil es meine Lücken sind.«

»Was meinst du mit Lücken?«

»Es ist vielleicht ein unpassendes Wort«, erwiderte Martha zögernd. »Als ich dich in Ullapool das erste Mal sah und du mich so forsch nach dem Stoff fragtest, da fühlte ich mit einem Schlag, wie zu mir eine Lücke geschlossen wurde. Und daran wird auch dein Kind nichts ändern.«

»Ich verstehe es nicht.« Erin spürte, dass es etwas Wichtiges war, was Martha ihr mitteilen wollte. Sie war bereit, es zu hören.

»Die Welt wird vollständiger, richtiger und wichtiger, wenn Verbindungen eingegangen werden. Jede Verbindung ist bedeutsam.«

»Das sehe ich ähnlich.« Erin stützte sich mit einer Hand auf, die andere legte sie auf ihren runden Bauch. »Aber es gibt so viele Verbindungen auf der Welt. Ich möchte so viel tun!«

»Und dafür reichen wir dir nicht?«

Als sie ihre Gedanken laut ausgesprochen hörte, senkte Erin beschämt den Blick. Doch Martha sprach, ohne darauf einzugehen, weiter: »Schau, das Leben hat dich hierhergestellt. ›Deine Füße werden dich dorthin bringen, wo dein Herz ist.‹ Heißt es nicht so? Und wenn du wieder laufen kannst, ohne wie eine Ente zu wackeln, werden sie dich tragen.« Martha erhob sich, strich ihr liebevoll über die Wange und nickte ihr beim Herausgehen zu.

Nach ihrem Besuch konnte Erin wieder atmen. Manchmal freute sie sich auf das Kind.

Catherines Geburtstage begingen sie jedes Jahr mit einer Fahrt über das Meer. Hamish hatte Catherines besondere

Verbindung zum Meer entdeckt, als sie noch sehr klein war und nächtelang so sehr weinte, dass sie sich keinen Rat mehr wussten. Erin, übermüdet und gereizt, hatte ihm ohne ein weiteres Wort das Kind in den Arm gelegt, sich umgedreht und war in der Schlafstube verschwunden. Hamish hatte damals in seiner Verzweiflung über das schreiende Kind und in der Sorge um Erins Wohlergehen das Haus verlassen. Er war auf den Straßen und auf den Feldern umhergeirrt, bis er sich schließlich erschöpft mit dem Säugling in das Boot gesetzt hatte. Fast sofort hatte Catherine aufgehört zu schreien und lag zufrieden in seinem Arm. Ob es an dem beruhigenden Schaukeln lag oder an dem sanften Geräusch der schwappenden Wellen oder einfach daran, dass Hamish selbst auf dem Boot zur Ruhe kam, wussten sie nicht, behielten sich dieses Heilmittel aber immer als letzten Ausweg offen und zelebrierten jedes Jahr den Tag ihrer Geburt mit einer kleinen Reise. Sie fuhren bei jedem Wetter, nur wenn es allzu sehr stürmte; blieben sie im Hafen.

Mit jedem Jahr fuhren mehr Boote mit, bald gab es eine halbe Fregatte und Hamish meinte, wenn Nelson ihre Flotte dabeigehabt hätte, wäre der Sieg schneller gekommen. Erin lud ein, wen immer sie konnte.

Marys Augen, aus denen ein so großes Verlangen nach einem eigenen Kind sprach, hingen mit einem liebevoll bangen, schmerzlichen Blick an Catherine. Er wanderte von Catherine zu Erin und von Erin zu Hamish. Manchmal weinte Mary, die Tränen flossen ihr die Wangen herab, ohne dass sie es zu bemerken schien. Timothy saß stoisch daneben, fasste das Ruder, und richtete seinen Blick auf den Horizont und eine freundlichere Zukunft.

neunzehn

Wenn Martha kam, wusste Erin, was es zu bedeuten hatte. Martha rumpelte mit ihrem schweren Körper in die Schankstube und ließ sich neben Erin, die mit irgendeiner Hausarbeit beschäftigt war, auf einen Stuhl fallen.

»Wieder am Gläser spülen, wie? Weißt du, das hat Hamish ganz gut auch ohne dich geschafft.«

Erin ließ das Tuch sinken und seufzte.

»Mach uns einen Tee, ja?«

Als die Tassen vor ihnen standen, stieg der Dampf wie eine schwingende Prozession kaum sichtbarer Geister zwischen ihnen auf.

Martha pustete. Der Reigen zerstreute sich.

»Sieh dich mal um«, sagte Martha.

In der Stube gab es nicht viel zu sehen. Zusammengeschusterte Tische und Stühle, hinter der Theke dickbauchige Flaschen und Gläser, Fässer daneben, der graue Steinboden, das Regal an der Wand, der geschwärzte Kamin. Die tief in die Mauern eingeschlossenen Fenster, durch die das Licht weder Ein- noch Ausgang fand. Kerzenstumpen auf angeschlagenen Haltern.

Farlan und Jamie saßen an einem Tisch und stritten. Farlan beugte sich nach vorn; sein Gesicht rot vor Ärger.

»Schon hundertmal habe ich es dir gesagt. Warum tust du nicht, was ich dir sage?«, fauchte er. Jamie jammerte: »Du machst es immer besser und schneller. Wie soll ich da hinterherkommen?«

Farlan stieß sich vom Tisch ab und breitete theatralisch die Arme aus: »Oh, ihr Götter! Was soll ich nur mit ihm machen?«

Jamie sah den Balanceakt und bewunderte ihn. Er rutschte mit seinem Stuhl auch auf die hinteren Beine, breitete die Arme aus, hielt sich einen Moment und fiel hinten über.

»So!«, schrie Farlan, nun noch wütender als zuvor. »Wann schlägst du dir deinen dummen Kopf vollends zu Brei?«

»Siehst du die zwei?« Martha lehnte sich über den Tisch. »Immer müssen sie streiten. Und weißt du warum?«

Erin sah das dünngewetzte Hemd, das Jamie trug. Es hatte durch den Sturz einen großen Riss auf dem Rücken bekommen. Seine Hose starrte vor Dreck und Fischöl. An den Beinen konnte man deutlich seine Fingerabdrücke erkennen von all den Malen, an welchen er sich die schmutzigen Hände an der Hose abgewischt hatte. Farlan hatte seine Mütze über beide Ohren gezogen. Er trug sie immer, Erin vermutete, dass er sie nicht einmal nachts abzog. Dünn waren sie. Beide. Schäbig anzusehen. Elend und jämmerlich.

Erin hatte wohl unter Catherines dickem Babygesicht den Anblick wahrer Dürftigkeit vergessen.

Martha nickte. »Hilf ihnen«, sagte sie und fasste Erins Hand. Erin machte sich los und lachte.

»Was soll ich denn ausrichten? Ich bin eine hilflose Frau auf einer Insel.«

»Ich weiß, dass du es kannst.«

Martha erhob sich schwerfällig.

Und kam am nächsten Tag wieder.

Zumindest erreichte Martha durch ihre Hartnäckigkeit und ihre täglichen Besuche in dem Pub, dass Erin begann, von Haus zu Haus zu gehen. Sie setzte sich zu den Webern und Weberinnen in die zugigen Häuschen, hörte den klappernden Singsang der Webstühle, ließ sich einlullen vom Geruch der schweren Wolle und lauschte den Erzählungen der Menschen.

Am Abend legten sich in ihrem Kopf Gesprächsfetzen und Erzählungen wie Wollvlies übereinander, wurden getränkt vom Sud der aus den Pflanzen gewonnenen Farben und sickerten langsam in sie ein.

Am nächsten Tag war daraus ein Faden geworden, vielfältig, schillernd und bunt, wie die Schilderungen, die sie vernommen hatte, fest und robust, wie die Fäden an den Webstühlen.

Langsam begriff sie, wie sich der Stoff in den eifrigen Händen der Menschen formte. Und Erin verstand, dass sie sich für die Vermarktung der Stoffe einsetzen konnte.

Bald wurde aber deutlich, dass sie auf den Inseln diesbezüglich nichts ausrichten konnte. Sie ließ Catherine in Hamishs und Marys Obhut und brach zu ihrer ersten Reise auf.

Sie besuchte verschiedene Städte und knüpfte Kontakte mit anderen Tuchhändlern. Sie ließ sich über alle technischen Fortschritte informieren, die wie stramme Pilze überall aus dem Boden zu wachsen schienen. Erin besuchte nagelneue Fabriken; sah, wie Baumwolle in Windeseile mit Hilfe einer Vielzahl an Walzen von einer Maschine gesponnen werden konnte; sah, wie Webstühle sowohl mit Wasserkraft als auch mit Dampf betrieben wurden; sah die gebeugten Arbeiter, die dafür aber immerhin ein Dach über dem Kopf hatten. Sie verglich Preise, Qualität und Löhne. Sie ließ sich von Großindustriellen altväterlich ausfragen, was eine so schöne, junge Frau denn in diesem Geschäft zu erreichen vermeine. Dann senkte Erin verunsichert den Kopf, da sie noch kaum eine greifbare Idee verfolgte.

Erins Kopf wäre mit der Zeit wohl immer tiefer gesunken, wenn sie nicht während eines Spaziergangs am Calton Hill in Edinburgh der Countess begegnet wäre.

Erin hatte sich auf einer Bank niedergelassen, ein Stückchen Holz in ihrer Hand, mit dem sie auf dem Boden sinnlose Muster malte. Sie grub mit der Spitze scharfe Gräben in die eine Richtung und durchkreuzte sie in der anderen, sodass sich kleine Erdhäufchen links und rechts aufwarfen. Sie dachte an die Torffelder auf den Inseln, die Kraft der Menschen, die der Erde ihr kümmerliches Dasein abtrotzten. Sie seufzte.

»Ist Ihnen nicht gut, meine Liebe?«, fragte eine sanfte Stimme. Erin schaute auf.

Eine Dame, nicht mehr jung, mit schmalem Gesicht, die schlanke Gestalt gut gekleidet, sah besorgt auf sie nieder. »Heute ist es sehr angenehm hier draußen. Ich werde mich zu Ihnen setzen, wenn Sie nichts dagegen haben, und ein wenig ausruhen.« Die Dame ließ sich neben Erin nieder. »Die Aussicht ist bei diesem Wetter herrlich, nicht wahr? Und jedes Mal gibt es etwas Neues zu sehen.« Sie seufzte behaglich. Sie konnten bis zur Burg hinübersehen. »Fantastisch, was man alles entwerfen kann!« Enthusiastisch blickte die Dame auf die moderne, zukunftsorientierte Stadt, die sich zu Erins und ihren Füßen ausbreitete.

»Es ist vor allem erstaunlich, wie sich das Leben in der Stadt von dem auf dem Land unterscheidet«, erwiderte Erin nüchtern.

»Nicht wahr?« Die Dame wurde zusehends munterer. »Ich war mit meinem Mann auf den Inseln, hoch im Norden

Schottlands. Es hat mich entsetzt, wie die Menschen dort leben. Und doch sind sie freundlich und hilfsbereit. Kennen Sie die Inseln?«

Erin lächelte müde. »Ich komme geradewegs von dort.«

Nun gab es kein Halten mehr. Erin wurde in ein nahegelegenes Haus, in dem die Dame bei Freunden zu Besuch war, zum Tee gebeten und über jedes Detail ihres Lebens ausgefragt. Die Countess wusste Bescheid. Über das Leben, die Inseln, die Abgeschiedenheit, die Nöte entbehrungsreicher Existenzen. Sie sog Erins Worte gierig in sich auf.

Nach etlichen Stunden entließ sie Erin mit dem Auftrag, ihr am nächsten Tag eine Auswahl der Stoffe mitzubringen, die die Menschen auf den Inseln webten.

So kam es, dass Erin mit einem Mal eine einflussreiche Freundin hatte, die sie bei ihrem Vorhaben unterstützte und protegierte.

Von nun an war alles leichter.

zwanzig

Erin kehrte immer seltener auf die Insel zurück, je mehr ihr Geschäft florierte. Und je seltener sie wiederkam, desto mehr nahmen ihre Aufenthalte den Charakter von gelegentlichen Besuchen an. Nur für Catherines Geburtstage fand sie sich stets Jahr für Jahr verlässlich auf den Inseln ein. Hier erwarteten sie Vorwürfe, Fragen, Bitternis, über die sie sich hinwegsetzte, als gälten sie nicht ihr. Sie wurde gescholten, es wurde an ihr Gewissen appelliert, man versuchte, sie zu überreden, zu überzeugen, zwang und bedrängte sie, sich ihrem Kind und nur ihrem Kind zu widmen, sich rechtschaffen um ihren Mann zu kümmern und ihre Pflichten als Ehefrau anzuerkennen und wahrzunehmen. Aber geschahen die Vorwürfe aus echter Anteilnahme? Erin mochte dies gerne glauben, war sich aber bei den meisten Menschen, die sie vorbrachten, nicht ganz sicher. Die Grenzen zwischen Liebe und Neid waren schwer auszumachen.

Die Frauen der Geschäftspartner, bei denen sie zu Gast war, schüchterten sie mit spitzen Fragen und herablassenden Kommentaren ein.

Doch meinte Erin dahinter verborgene Missgunst zu spüren, was sie die Anfeindungen leichter ertragen ließ.

Auf den Inseln waren es vor allem die Männer, die nicht glauben konnten, dass Erin sich behaupten würde. Sie fragten sie bei jedem Besuch, ob sie denn nun bliebe.

»Soll ich hinter Hamish den Pub aufwischen?«, fragte sie. »Ist es das, was ihr wollt? Dann sagt allen Bescheid, dass die Stoffe nicht mehr weiterverkauft werden, ihr könnt also aufhören mit dem Weben, es sei denn, ihr wollt für all eure Schafe Schultertücher für den Winter haben.«

Martha unterstützte sie, wo sie konnte; schimpfte mit denen, die sich ereiferten und führte ihnen vor Augen, was Erin alles für sie tat und noch tun wollte.

Doch Erin erfuhr auch unerwartete Hilfe, die sie ohne zu zögern annahm. Die Fahrten auf der Fähre waren für sie frei, nachdem der Kapitän begriffen hatte, dass sie die Inseln auf dem Festland bekannt machte. Er führte sie auf seinem Schiff auf und ab, als sei sie dessen Besitzerin, und half ihr bei den Zollangelegenheiten.

Als Catherine ihren zehnten Geburtstag feierte, war Marys lang ersehnte Schwangerschaft weit fortgeschritten, und Timothy hatte ihr verboten, mit auf die alljährliche Fahrt aufs Meer zu gehen. Erin besuchte sie nach dem Ausflug und sah staunend, wie ihre kleine Schwester mit dreißig

Jahren wieder kindliche Züge gewann. Sie bestand nur aus Leuchten.

Aber auch Marys Sohn ließ Erin nicht auf den Inseln verweilen.

Hamish empfand die Wochen, in denen seine Frau bei ihm war, als eine Zeit, die erfüllt war von Gesprächen, langen Erzählungen über ihre Reisen und dem gemeinsamen Lachen voller Freude und Glück, und zog sich, sobald ihr Schiff am Hafen ablegte, für drei Tage in den Keller seines Pubs zurück. Danach raufte er sich die Haare, raffte sich auf, band sich die Schürze um und wartete auf das nächste Wiedersehen.

Erin wurde ihm nie untreu, es gab keinen anderen Mann für sie, doch reizte die Beziehung sie nie in dem Maß, wie es ihr übriges Leben tat.

Was Catherine betraf, war es anders. Erin liebte ihr Mädchen, empfand ihr gegenüber aber eine gewisse Scheu, so, als ob ihr das Kind nicht zustehen würde bei ihrem Lebenswandel. Erin begegnete ihrem eigenen Kind mit einer Mischung aus Stolz und Unterwürfigkeit, die sie ansonsten verabscheute.

Erin erfuhr durch Timothy von Marys Krankheit. Er hatte ihr einen Brief geschrieben, der ihr lange nachgereist war. Erin hatte die Handschrift noch nie gesehen. Erstaunt starrte sie auf die eckigen Buchstaben und verstand den Inhalt nicht. Mit der Einsicht aber stieg eine unfassbare Wut in ihr auf. Sie verwünschte Timothy, dass er nicht eher geschrieben hatte, sie machte Hamish Vorwürfe, er hätte sie umgehend benachrichtigen müssen, tobte, wütete, packte ihre Sachen und eilte hastig auf die Inseln.

Mary lag schwach und hilflos in ihrem Bett, umringt von einem verstörten Timothy, dem ungläubigen Ian und der Trauer, der Hilflosigkeit und der Fassungslosigkeit, die sich um Mary niedergelassen hatten. Erins Eintritt blieb unbeachtet, selbst Ian sah kaum auf, er schien auf dem Stuhl festgewachsen zu sein, als hielte ihn ein Zauber fest, den er nicht lösen konnte. Erin sah ihre Schwester, hohlwangig, das Gesicht weiß wie Sand und die Hände reglos über der Decke neben ihrem Leib, wie abgestorbene Äste. Erst allmählich erkannte sie ihre Schwester in dem Körper wieder, der ihr nicht mehr diente. Sie sah ihren Atem, der die Gestalt so zart bewegte, als ob die Luft von außen käme. In winzigen Schüben wurde sie hineingeblasen in eine offene Hülle.

Sie saßen schweigend, bis Martha zur Tür hineintrat. Sie hob Ian sanft vom Stuhl und setzte ihn im anderen Zimmer vor ein Glas Milch.

Sie schickte Timothy zu Callum, der auf ihn wartete. Sie trieb ihn an, als er sich weigerte, und ließ sich nicht umstimmen, so sehr er sich auch sträubte. Als er schließlich widerwillig das Haus verlassen hatte, kam sie zu Erin in das Zimmer, brachte Tücher für die Kranke und Tee für Erin.

Sie stellte sich neben das Bett zu Mary, deckte sie auf und strich mit den warmen Tüchern energisch über den schwindenden Körper.

»Noch ist sie hier, unsere Mary, und deshalb behandeln wir sie«, sagte sie zu Erin und begann gälische Segenswünsche zu murmeln, die Erin nicht verstand. Erin nippte am Tee und beobachtete Martha, die sich jetzt nur auf Mary konzentrierte, strich, klopfte, berührte, bis sie schließlich von ihr abließ und sich neben Erin setzte.

»Ja, sie war im Winter krank, hatte sich aber ganz gut erholt. Timothy heizte das Haus, bis es glühte, und trotzdem war ihr ständig kalt.

Dann kam der Husten zurück, das Fieber war nicht zu senken, und jetzt die Erschöpfung. Erin...«, Martha nahm Erins Hand in die ihre. »Sie wird es nicht schaffen, es ist zu spät.«

Erin nickte.

»Für Ian wird es schwer, aber noch schlimmer wird es für Timothy.«

»Wir holen Ian zu uns, Catherine wird sich um ihn kümmern.«

»Wenn es Zeit ist, muss er hier sein.«

»Wir werden alle hier sein, wenn es Zeit ist.«

Die letzten Wochen von Marys Dasein glichen dem Frühling, der sich draußen in seinen Farben und Formen übertraf. Eine feinere Kraft als die physische durchzog ihren Körper und richtete sie auf. Es schien, als ob sie alle Regungen ihres Lebens noch einmal berührte, sie streifte, um sich von ihnen zu verabschieden. Sie sprach und spielte mit Ian, hielt Timothys Hand und lachte mit Erin über vergangene Scherze. Es waren Wochen eines Glücks, das nicht glücklich genannt werden konnte.

Das Ende kam schnell, rasch und dunkel.

Nach Marys Tod kehrte Erin nicht wieder auf die Inseln zurück.

Sie zog wieder in das alte Haus in Perth. Seit ihre Eltern in ein kleines Cottage im Süden gezogen waren, war es in Würde verwahrlost und war von ihr nur auf den Durchreisen bewohnt worden. Sie baute es wieder auf, putzte jede Kammer, jedes Fenster und jeden Kamin. Jeder Winkel des

Hauses wurde von ihr überwacht, gestrichen, gewaschen, als sei dieses Haus ein Körper, dem nur äußere Pflege fehlte. Die Bücher, Andenken und den Zierrat ihrer Eltern schaffte sie in ein Zimmer, verschloss es und legte den Schlüssel beiseite. Sie lüftete frühmorgens alle Räume, entdeckte bei jedem Rundgang eine weitere Stelle, eine Ecke, die sie noch nicht mit ihrer Kraft durchdrungen hatte.

Über ihrem Schaffen entglitten ihr die Gedanken an die Inseln wie Fische aus einem Netz. Sie wurden eingenommen von beruhigenden Überlegungen über die Wahl der Farbe der Möbelbezüge und den Verhandlungen mit den Arbeitern, die sie für die groben Renovierungsarbeiten eingestellt hatte.

Dann kamen die Briefe. »Erin«, schrieb Hamish. »Wo bist du? Warum kommst du nicht zurück? Wir sind hier und warten auf dich. Es ist nicht gut, wenn du jetzt allein bist. Wir alle haben Mary verloren. Lass uns gemeinsam trauern, hier, wo sie glücklich war. Komm zurück!«

Erin legte den Brief ins Feuer, sah zu, wie das Papier sich kräuselte, sobald die Flammen nach ihm fassten, und in dünnen schwarzen Blättchen zu Boden sank. Sie stocherte mit dem Schürhaken darin herum, bis die letzten Reste zu Asche zerfielen.

Dem nächsten Brief legte Hamish eine Karte von Catherine bei.

Catherine schrieb ihr, dass sie sie vermisse. »Wir kommen zurecht, Vater und ich. Doch wäre es besser, du wärst hier.« Auch Hamish bat: »Catherine ist sehr verständig und kümmert sich um alles und geht mir zur Hand wie eh und je. Sie klagt nicht. Doch ist sie trotz allem eine junge Frau, die auf mütterlichen Rat angewiesen ist. Sie ist sehr still, führt kaum andere Gespräche als mit mir, der dich dringend bittet heimzukommen!«

Der nächste Brief kam am folgenden Tag. Hamish erzählte von Timothy, dem kein Wort mehr zu entlocken sei. »Deine Ansprache würde ihm helfen.«

Im nächsten Brief erzählte Hamish von Ian, der ihm große Sorgen bereite. Da Timothy nicht mehr sprach, hole er, Hamish, Ian jeden Tag zu sich. Sie säßen dann zu dritt beieinander, Catherine, Ian und er. Sie würden zusammen essen und so etwas wie eine Unterhaltung führen.

Doch sie fehle mit ihrem Lachen, mit ihrer Güte ...

»Du fehlst mir so sehr. Ich werde auf dich warten.«

Die Briefe reihten sich aneinander wie eine endlose Kette kleiner Segel. Erin holte sie ein, las jeden einzelnen und sah zu, wie sie im Kamin verbrannten.

Sie schrieb niemals zurück.

Als ihr das Haus ausreichend hergerichtet schien, begann sie Einladungen an die führenden Geschäftsmänner in Perth zu verteilen. Sie lud zu vorzüglichem Essen und glänzte durch Verständigkeit und Anmut in der Unterhaltung. Es folgten im Gegenzug Einladungen an sie, die sie alle annahm. Sie rauschte in einem Sog aus Gesellschaften und Vergnügungen einen Fluss hinab, der sie immer weitertrieb.

Sie begann ihre Reisen auszudehnen, widmete sich beharrlich dem Tuchhandel, traf neue Abnehmer und heftete sich hartnäckig an deren Fersen. Sie fand in fremden Ländern andere Stoffe, feines Leinen, kostbare Seide, gekämmte Baumwolle und Muster und Farben, welche dem dicken, behäbigen Tweed fremd waren. Die Stoffe schienen zu schweben, so leicht glitten sie über die Tische, auf denen sie ausgebreitet wurden. Erin fand keinen Widerstand, wenn ihre Hände darüberstrichen, wie feiner Sand, der durch die Finger rieselte, oder kühle Wellen auf der bloßen Haut. Der schottische Tweed diente dem Schutz, nicht der Zierde, er umschloss mit seinen groben Fasern den Körper, schenkte ihm die nötige Wärme und bewahrte sie. Erin sehnte sich nach einem unsichtbaren Tweedmantel, der ihr half, die innere Kälte zu überwinden.

Die Fülle der Briefe ließ nach, aber Erin bemerkte es kaum. Die letzten hatte sie nicht einmal mehr geöffnet, zu beschäftigt war sie mit ihrer Umtriebigkeit, zu beschäftigt mit einem Leben, das ihr einen stumpfen Zugang zu sich selbst bot.

Schließlich blieben die Briefe ganz aus.

Dass Catherine verhaftet und hingerichtet wurde, erfuhr sie erst, als alles vorüber war. Sie befand sich in Italien und war bei einem kunstbeflissenen Mäzen zum Abendessen eingeladen. Die Gespräche wanderten hin und her, als der Gastgeber sie fragte, ob sie den Komponisten je getroffen habe, der ihre Inseln verewigt habe. Erin verneinte, verstand nicht, und der Mann holte aus und berichtete ihr von der Reise des Musikers und seinem Aufenthalt auf den Inseln.

»Der Skandal, den er dort hautnah miterlebte, kann Ihnen nicht verborgen geblieben sein: ein aufdringlicher junger Mann, der von einer Frau nicht ablassen konnte und die ihn schlichtweg umbrachte. Der Musiker lebte unter dem Dach der Mörderin.«

»Auf unseren Inseln?« Erin schaute ihn ungläubig über ihr Weinglas hinweg an.

»Es war sogar die, auf der Sie selbst einmal gelebt haben. In dem kleinen Dorf, von dem die Fähre aufs Festland abgeht.«

»Das kann nicht sein!«, rief Erin aus und stellte ihr Glas ab. »Wer war denn die Frau, die ihn getötet hat? Ich müsste sie ja kennen.«

»Die Tochter des Wirtes vom Ort.«

Erins Gesicht verlor jegliche Farbe.

»Es muss reine Verzweiflung gewesen sein, die das arme Mädchen angetrieben hat. Kein Wunder bei dieser Einsamkeit da oben. Aber die Musik, die er mitgebracht hat, ist unwiderstehlich!«

Der Mann plauderte weiter, ungeachtet Erins schreckgeweiteter Augen.

»Danach kam er nach Italien und hat sich hier inspirieren lassen. Wir werden sicher bald Erstaunliches von ihm hören.«

Erin schwankte, griff sich an den Hals, schon im Aufstehen entschuldigte sie sich und lief hinaus. Niemals war sie schneller gelaufen.

Sie eilte durch die Straßen, hoch in die Wohnung, in der sie logierte, und orderte alle englischen Zeitungen der letzten Monate. Hier fand sie bestätigt, was der Mann ihr gesagt hatte. Es waren keine großen Meldungen, beinahe nur Randnotizen, die ihre Welt vollends einstürzen ließen. Der Vorfall lag schon vier Monate zurück. Sie konnte nicht glauben, dass niemand sie benachrichtigt hatte.

In jeder Stadt hinterließ sie gewissenhaft ihre neue Adresse, sodass Briefe ihr nachgeschickt werden konnten. Sie konnte das alles nicht fassen. Sie konnte nicht denken. Nicht verstehen.

Nicht Catherine. Niemals.

Eilig setzte sie sich in ihrem kleinen Zimmer an den einfachen Schreibtisch und begann einen Brief an Hamish zu schreiben. Sie fragte, beschwor, zerriss das Angefangene, schrieb weiter, setzte ihm zu, klagte ihn an. Es konnte nicht sein, durfte nicht sein, was war nur geschehen? Hatte er nicht gut auf sie achtgegeben? Wie hatte er das zulassen können? Wer war dieser Mann, und hatte er Catherine etwas angetan? Warum hatte er sie, ihre Mutter, nicht gerufen? Hatte er keine Anzeichen bemerkt? Warum hatte Catherine sich keine Hilfe erbeten? Hatte sie kein Vertrauen zu ihm gehabt? Hatte man gar nichts ändern können, hatte er alles versucht, was man nur konnte? Was hatte ihre Tochter zu einer solchen Tat bewegt? Woher kam diese Verzweiflung? Wo hatte man sie hingebracht, und hatte es einen Prozess gegeben? Hatten nicht alle für sie ausgesagt? Warum ließ der Richter keine Milde walten, bei einer so jungen Frau? War das Ende schnell gekommen oder hatte sie gelitten? Hatte man sie nicht retten können, beim Richter eine Petition einreichen, beim König um sie flehen, die Wärter bestechen, einbrechen und sie ergreifen, verstecken irgendwo? Hatte sie ein Begräbnis bekommen? Wie hatten ihre letzten Stunden ausgesehen?

Und lag es am Ende an ihr, daran, dass sie nicht da gewesen war?

Ach Gott, ihr einziges Kind!

Und dann schrie sie, und der Schrei stülpte sich über sie, drang in ihr Innerstes und ging in einen endlosen Strom von Tränen über, der Erin wie einen Baum im Sturm hilflos zu Boden drückte.

August, 1829

Liebe Fanny,
seit dem Mord frage ich mich, was gewesen wäre, wenn ich die Reise nicht unternommen hätte. Oh! Ich hätte mich in London vergnügen können.

Beim letzten Konzert gab es solchen Applaus, dass die Kronleuchter wackelten. Ich wurde auf Händen getragen, die Damen kamen in Scharen zu mir gelaufen, es gab Soireen, anregende, inspirierende Gespräche mit einflussreichen und außerordentlich verständigen, gebildeten Männern, die mir unter anderem in Aussicht stellten, in die Royal Philharmonic Society aufgenommen zu werden!

Wozu also hierherfahren? Was erhoffte ich mir? Geschah es aus einer Laune heraus? Ich tat es aus einem Grund, den ich mir im Moment selbst nicht mehr vorzustellen vermag.

Die Stimmung ist gedrückt. Selbst der Wind bewegt nichts mehr, keine Wellen kräuseln sich, die Sonne steht sicher am Himmel, aber hier scheint sie nicht mehr. Jedermann wartet. Das Festland ist weit. Catherine ist nach Ullapool gebracht worden. Hier werden sie mit so etwas nicht fertig.

Der Vater trinkt, die Männer gehen ein und aus und bedienen sich selbst am Whisky. Es gibt eine Frau, eine Nachbarin vielleicht, ich bin mir nicht sicher, und will es auch gar nicht wissen, die sich um mich kümmert. Zumindest stellt sie mir ab und zu etwas Essbares auf den Tisch.

Ich versuche zu arbeiten, aber ich bringe kaum etwas Anständiges zu Papier. Oft gehe ich hinunter zum Hafen. Die Fischer zeugen von der Normalität der Welt, dass alles in seinen gewohnten Bahnen weitergeht, das ewige Jagen,

Fangen und getötet werden. Ich sehe auf die Fische, die zitternd in den Netzen treiben, manche sehen mich an. Ich erwidere die Blicke mit mehr Inbrunst, als ich es vorher tat.

Es ist für uns alle nicht leicht.

Felix

einundzwanzig

Der Wind war so stark, dass er Erin beinahe umwehte. Ihre Knie zitterten sowohl vor Anspannung als auch vor Angst. Sie hielt ihren Hut mit der einen, ihren Mantel mit der anderen Hand, die Tasche dazwischen fest an sich gepresst. So stolperte sie die Bootsplanken hinab.

Alle waren gekommen. Timothy hielt den großen Ian an der Hand, beide mit diesem dunkelblonden Haar, die Augen wie Kornblumen im Weizenfeld. Callum daneben, gealtert, doch durch die Falten sonnig strahlend. Martha, rund und zufrieden. Farlan, Stuart und Jamie standen nebeneinander wie Schuljungen. Und war das John, der Einsiedler? Er sah anders aus als noch vor sechs Jahren.

Erin ging zögernd auf Timothy zu. Er nahm ihr die Tasche ab und hielt sie verlegen in den Händen. »Danke, dass du gekommen bist.«

Erin beugte sich zu Ian herunter, der sie besorgt ansah. »Es war dein Brief, der mich kommen ließ«, sagte sie leise.

Sie wandte sich zu Martha, die sie an sich drückte, und wurde dann weitergereicht an Callum und die anderen.

»Wollen wir?«, fragte Timothy.

Sie nahmen den Weg über die Hügel, um nicht am Pub vorbeizukommen.

Sie hatten das Schachspiel auf dem Tisch aufgestellt und drängten sich in der winzigen Stube von Timothys und Ians Haus. Niemand sprach und alle sahen atemlos zu, wie Erin die erste Figur in ihre Hände nahm und betrachtete. Es war der König. Sie stellte ihn wieder auf seinen Platz, nahm eine Figur nach der anderen, hielt sie sich vor Augen, drehte und wendete sie, bis sie sie von allen Seiten gesehen hatte.

»Ah«, sagte sie, als sie den Krieger in die Hand nahm. Sie trat mit der Figur an das Fenster. »Da ist er ja.«

Ian stellte sich neben sie. »Ich werde ihn behalten, egal, was mit den anderen Figuren geschieht.«

»Das ist dein gutes Recht«, sagte Erin. Sie behielt die Figur in einer Hand, die andere streckte sie nach Ian aus. »Wollen wir nach draußen gehen?«, fragte sie. Als Ian seine Hand in Erins gelegt hatte, gingen sie an den Männern vorbei aus der dunklen Stube.

Sie entfernten sich vom Haus und Erin führte Ian zu einer kleinen Felsengruppe. Sie setzten sich, den Krieger stellte Erin ganz oben auf den Stein. Es sah aus, als lauschte er aufmerksam dem Gespräch.

»Was meinst du, wie lange die Felsen hier schon liegen?«

»100 Jahre?«, fragte Ian unsicher.

»Viel, viel länger, glaub mir. Länger, als es deine Figuren gibt. Und die sind wirklich schon sehr alt, Ian. Und deshalb sehr kostbar.«

Sie sah sich um, sah die grünen, mit Klee, Butterblumen und Gänseblümchen gesprenkelten Wiesen, moosbewachsene Steine dazwischen, die lockeren Hügel dahinter. Sie hörte in der Ferne das Meer rauschen. Die Wolken zogen schnell und unbeständig vorüber. Sie fühlte den frischen, fast kalten Wind auf ihrer Haut. Die Einsamkeit war stärker als je zuvor.

Sie wollte nicht hier sein. Sie wollte niemals wieder einen Fuß auf diese Inseln setzen. Sie sah auf Ian herab, der still neben ihr saß und abwartete, bis sie weitersprach. Er hatte die Haare von Mary geerbt. Leicht wehten sie im Wind. Warum hatte er keine Mütze auf? Sie selbst fröstelte in ihrem

Mantel. Sie setzte sich näher zu ihm. »Wo hast du sie denn gefunden?«

»Es waren die Seehunde, weißt du, die waren zu schnell für mich.«

Er begann zu erzählen und bekam dabei leuchtende Augen. Wie sie da gelegen hatten, mitten im Sand, wie sie sie nach Hause transportiert hatten und wie es gewesen war, als alle Schach spielten.

»John konnte es am besten. Er hat alle besiegt.« Ian lachte.

»Das kann ich kaum glauben«, erwiderte Erin und strich ihm über das vom Erzählen gerötete Gesicht.

»Doch, es stimmt! Er konnte sich alles genau merken, jeden Zug, alles, was man wissen muss. Einmal haben nur John und Callum gespielt und alle anderen standen um sie herum und haben geredet und da sagte Hamish ...«

»Was sagte Hamish?«, fragte sie sanft.

»Da sagte Hamish, dass John ein Wunderkind sei. Da haben alle gelacht, weil er ja kein Kind mehr ist, verstehst du?«

»Er ist ein erwachsener Mann«, lächelte Erin.

»Genau.« Ian nickte. »Aber John war nicht böse und hat Callum auch in diesem Spiel besiegt.«

»Ich sah ihn am Hafen. Ist er jetzt immer unter Menschen?«

»Manchmal geht er noch fort. Er hat sich in Ullapool ein anderes kleines Schachspiel gekauft. Er spielt immer noch mit Callum.«

»Ich habe auch mit Callum Schach gespielt.«

»Du?«, fragte Ian erstaunt.

»Ich habe es als Kind von meinem Vater gelernt. Er hat deine Mutter und mich jeden Abend vor sein Spiel gesetzt.«

»Meine Mutter konnte das auch?«

»Wir mussten es für meinen Vater lernen. Er sagte, man würde davon klug, aber ich glaube, es war eine Ausrede, um seinen Whisky in Ruhe trinken zu können. Wir durften beim Schachspiel immer nur flüstern.

Deine Mutter hat es bald aufgegeben, es wurde ihr langweilig und mein Vater hat sie nicht weiter gedrängt. Aber ich konnte es mit der Zeit ganz gut. Ich finde, es ist ein friedliches Spiel, auch wenn es ein Kampf ist.«

Ian sah sich nach dem Krieger um. »Was sollen wir machen mit den Figuren?« Erin seufzte und legte den Arm um ihn.

»Fehlt dir deine Mutter?« Ohne auf eine Antwort zu warten, sprach sie weiter. »Mir fehlt sie jeden Tag. Da ist ein Loch, wo sie war, und ich finde nichts, womit ich es stopfen könnte.«

»Auch Catherine ist dort«, sagte Ian leise.

»Ja, auch Catherine ist dort.«

Sie schwiegen.

»Ich war in London und Edinburgh. Es gibt viele Menschen, die deine Figuren sehen möchten. Sie bekämen eine richtige Ausstellung.«

»Wie das?«

»Sie wären in einem Museum, sodass jeder, der möchte, sie anschauen kann.

Es gibt Museen für Bilder, aber auch für so etwas wie die Schachfiguren. Die Menschen mögen alte Dinge. In den Museen werden sie aufbewahrt.«

»Würden sie auch mit ihnen spielen?«

»Nein, sie würden nur angeschaut werden. Niemand dürfte sie berühren.«

»Ich weiß nicht, ob sie das mögen«, sagte Ian zweifelnd.

»Ich denke, es ist das Beste für sie. Sie wären behütet.«

Ian sah seine Tante an. Er wusste nicht genau, ob sie verstand, was es mit den Figuren auf sich hatte. Sie hatte sie ja gerade eben zum ersten Mal gesehen. Wie konnte sie wissen, was sie brauchten? Immerhin wären sie zusammen und würden beschützt werden.

»Wenn du meinst.«

Ian sah sie mit großen Augen an und Erin dachte mit solcher Heftigkeit an Mary, dass sie schnell aufstand, Ian bei der Hand nahm und ihn fest an sich zog. Sie umarmte ihn und murmelte in sein Haar: »Es wird bestimmt alles gut.«

Ian wusste nicht, ob er sich gegen die Umarmung wehren sollte.

Wenn Tante Erin die Figuren mitnahm, waren sie fort und niemand konnte mehr mit ihnen spielen. Bestimmt würde ihnen langweilig werden, wenn sie nur so herumstehen durften. Sie würden lediglich angeschaut werden. Ian konnte sich nicht vorstellen, wie das zugehen sollte.

Als Erin ihn losließ, fragte er: »Was ist das, ein Museum?«

Und während sie den Hügel hinabstiegen, erzählte Erin ihm vom Museum.

Erin wusste, dass sie zum Pub gehen musste. Aber als sie endlich aufbrach, war es bereits Nacht. Die Sterne flimmerten wie ihr Herz. Flüchtige Wolkenschleier flogen mit einer Hast vorüber, als ob sie es eilig hätten, den Himmel zu vermessen. Erin folgte ihnen langsam. Sie bog in die Gasse ein, die zur Hintertür des Pubs führte, fand den gewohnten Griff, drehte ihn und betrat den dunklen Flur. Der Geruch nach Whisky, Ale, Fisch und Wolle stach ihr in die Nase. Sie hielt sich ruhig und atmete tief ein. Rechts war die Küche. Sie wandte sich ab und näherte sich der Tür, die in den Gastraum führte. Dahinter hörte sie leises Gemurmel. Kurzentschlossen trat sie ein.

Es waren nur zwei Tische besetzt. Hamish saß mit Stuart und Jamie an einem davon. An dem anderen saßen die Fischer von Barra, die wöchentlich hierherkamen, um sich in Ruhe und Abgeschiedenheit zu betrinken. Alle sahen auf, und als hätten sie auf ihr Stichwort gewartet, nahmen sie ihre Gläser und tranken sie in einem Zug aus. Sie brachten sie an die Theke, klopften zum Abschied auf die Tische, murmelten einen Gruß und waren verschwunden.

Hamish stand auf. »Ich wusste, dass du kommst. Ich habe ihnen gesagt, dass sie dann gehen müssen.«

»Danke.«

»Möchtest du etwas trinken?«

Sie bekam einen Gin. Er rückte ihr einen Stuhl an dem Tisch zurecht, an dem er mit Stuart und Jamie gesessen hatte, und sie sahen sich schweigend an.

Erin wandte den Blick ab und trank hastig.

Hamish saß ihr gegenüber und starrte auf die Wand. Sie hatte ihn kleiner, schmaler in Erinnerung und wunderte sich, wie sie seine Größe hatte vergessen können.

»Hamish, was ist nur geschehen?« Ihre Frage klang unsicher, ihre Stimme war in der Stille kaum hörbar.

Er sah sie an. Sie erkannte den Ärger in seinen Augen. »Was denkst du?«, fragte er gereizt. »Dass wir einfach hier sitzen und über vergangene Zeiten reden können?«

»Nein, natürlich nicht.« Erin verbot sich, gleich wieder einen großen Schluck von ihrem Gin zu nehmen.

Stattdessen hielt sie ihre Hände und knetete sie. Dabei fühlte sie die glatte Fläche des Tisches und breitete ihre Hände aufgespreizt darüber aus. Sie rührte sich nicht.

»Was willst du hören?« Seine Stimme klang brüsk.

Sie machte eine unbeholfene Bewegung mit den Armen, legte sie aber sofort wieder auf die Tischplatte, als fände sie nur hier Sicherheit.

Sie schlug die Augen nieder, sah auf das braune Holz und ihre eigenen weißen Arme. Sie spürte, dass Hamish sie ansah.

Endlich sagte er leise: »Die letzten Jahre waren die schlimmste Zeit meines Lebens, aber ich habe sie hinter mir gelassen. Es war bitter für mich, wie du dir vielleicht vorstellen kannst. Fast wäre ich in meiner Trauer ertrunken wie in einem schwarzen, bodenlosen See. Es war nicht leicht, wieder aus ihm herauszufinden. Wie ich das geschafft habe, weiß ich selbst nicht genau. Hilfe kam von den merkwürdigsten, unerwartetsten Seiten. Whisky anfangs, Martha natürlich, wie du dir denken kannst. Sie hat auch für dich viel getan.«

Hamish machte eine Pause und Erin nickte. »Ich war viel auf der See. Ich habe immer die Strecke genommen, die wir an ihrem Geburtstag gefahren sind. Vorbei an den kleinen Inseln. Eine große Raubmöwe ist immer noch dort und nistet. John könnte dir erklären, welche.

Weißt du noch, wie Catherine wollte, dass wir näher heranfahren? Und wir ihr erklären mussten, dass das nicht möglich ist? Sie wurde wütend und wollte aus dem Boot klettern.« Hamish verlor sich in einer Erinnerung, der Erin nicht folgen konnte. Sie trank einen weiteren Schluck und wartete.

»Dort auf dem Meer ist mir klar geworden, dass es sich nicht lohnt, nach weiteren Schuldigen zu suchen. Catherine allein war schuld, sie hat ihn erschlagen, einfach so. Angus war ein finsterer Bursche, vielleicht hatte sie Angst vor ihm, obwohl sie nicht die Frau war, die schnell zu ängstigen wäre. Vielleicht ist etwas in sie gefahren, ein Spuk, ein Dämon, ein Geist, ich weiß es nicht. Sie hat danach nicht mehr gesprochen. Hat sich abführen lassen wie ein Lamm zur Schlachtbank.«

Er fuhr sich durch die Haare. »Es war furchtbar. Ich habe alles versucht, immerzu, jeder hat es versucht, doch sie war einfach stumm. Der Musiker, der zu der Zeit hier war, ist beinahe verrückt geworden. Ich bin beinahe verrückt geworden. Wir alle.«

Hamish sprach nicht weiter. Er legte seinen Kopf in seine Hände.

»Ich konnte sie noch einmal im Gefängnis besuchen. Sie saß nur da.«

Erin konnte kaum verstehen, was er sagte.

»Am nächsten Morgen wurde das Urteil vollstreckt. Sie war allein.«

Hamish weinte und flüsterte: »Niemand durfte bei ihr sein.«

Erin sah, wie seine Schultern bebten. Die Minuten vergingen.

Schließlich sagte Hamish, die Hände immer noch vor dem Gesicht: »Es ist jetzt vorbei. Sie hat nicht gelitten, das wurde mir versichert.«

Er rieb sich über die Wangen, wischte seine Hände an der Hose ab und setzte sich aufrecht hin.

»Es ist jetzt vorbei, verstehst du? Die anderen haben mich gehalten, als ich voller Wut war. Beinahe hätte auch ich jemanden erschlagen.

Doch das alles ist jetzt vorbei. Auch wenn ich jeden Tag meines Lebens an sie denke, es ist vorbei.« Er trank einen großen Schluck Bier und stellte das Glas wieder auf den Tisch.

»Und jetzt kommst du. Sitzt hier, trinkst wie früher deinen Gin.

Nach so einer langen Zeit. Ich kann das nicht verstehen.«

Nun war es Erin, die flüsterte. »Ich selbst kann es nicht verstehen.«

»Was hast du erwartet?« Hamish hatte sich wieder gefangen. »Es wäre nicht besser gewesen, wenn du hier gewesen wärst.« Er sah sie an, prüfend. »Erin. Auch das mit uns ist vorbei.« Er räusperte sich.

Sie sah nicht auf.

»Nun, jetzt bist du also hier und ich sage dir: es ist gut, dass du endlich da bist.« Er stellte sein Glas so energisch ab, dass es einen dumpfen Ton gab.

Erin blickte auf.

»Du hast dich vor langer Zeit entschieden. Auch hier geht das Leben weiter.«

»Für mich ist es nicht weitergegangen. Ich bin immerzu verloren.«

»Sind wir das nicht alle?« Aus Hamishs Stimme klang nun nichts als Güte.

Erin schüttelte den Kopf. »Ich weiß es nicht«, sagte sie wieder.

Sie saß regungslos auf ihrem Stuhl. Hamish beugte sich zu ihr und sagte eindringlich: »Mach jetzt das Richtige und tu es schnell! Nimm die Figuren und vor allem – nimm Ian! Er sollte nicht hierbleiben.

Nimm ihn mit dir und schicke ihn auf eine richtige Schule, wo er lernen kann. Bleib bei ihm. Er hat hier genug erlebt.«

»Was verlangst du da von mir?« Erin blickte Hamish ungläubig an.

»Ich verlange, dass du das jetzt tust. Die Figuren sind eine gute Gelegenheit ihn mitzunehmen. So kann man es auch Timothy erklären.«

»Hamish, ich kann Ian Timothy nicht einfach wegnehmen.«

»Doch, das wirst du können. Ich bin mir in dieser Sache absolut sicher. Er muss hier fort.«

»Woher weißt du, was gut für ihn ist?«

Hamish stand auf und lief im Pub auf und ab. »Ein so zarter Junge unter all den dickfelligen Männern, die wir sind. Er denkt sich Geschichten aus, träumt den ganzen Tag und versinkt stundenlang in Erinnerungen. Timothy kann das nicht begreifen. Ian braucht Leben um sich, Freunde, Lachen. Hier wird er versinken.«

Erin sah ihm zu, wie er umherlief.

»Was haben wir ihm hier zu bieten? Schroffe Felsen mit grünem Moos, Wellen, die jeden mitnehmen und fortspülen, Gräber, um die wir herumstehen, die Tränen, die wir heimlich weinen, Nächte, die nicht enden wollen. Die paar Blumen, die es gibt, sind verwelkt.«

Erin setzte sich auf. »Komm auch du mit, dann würde es gehen.«

Erin wollte, dass er zu ihr herübersah, aber das tat er nicht. Er lief weiter im Pub umher und lachte bitter.

»Ich?«, fragte er. »Was soll ich woanders tun? An deinem Rockzipfel hängen?«

Jetzt sah er sie an. »Das wäre früher vielleicht möglich gewesen.«

»Es ist immer noch möglich.« Erin stand auf und ging zu ihm. »Wir können das gemeinsam tun.« Sie fasste seine Hand.

Hamish sah auf ihre Finger und sie nahm seinen Geruch wahr. Wie hatte sie ihn je vergessen können? Hamish roch immer gut, nach Whisky und frisch geschlagenem Holz.

»Nein.« Er sagte es sanft, aber bestimmt, und löste ihre Hand von seiner. »Nein.«

Als es zu still wurde, nahm er sie am Arm, führte sie zur Vordertür und öffnete sie. »Es ist deine Sache. Tu es und lebe wohl, Erin.«

Sie trat hinaus in die Nacht und hörte, wie er von innen die Tür abschloss.

August, 1829

Meine liebe Schwester,
deine Sorge rührt mich! Ich verspreche, nach Hause zu kommen, sobald es die Situation zulässt. Doch das Geschehene lässt mich nicht los.

Unbegreiflich ist alles nach wie vor. Sprach ich je von Menschlichkeit? Ich kann mir nicht denken, dass sie zu einer solchen Tat fähig ist.

Es muss ein Vorkommnis eingetreten sein, dessen sie sich nicht anders zu erwehren gewusst hatte. Und doch (das ist das Unbegreifliche), kein Wort kommt über ihre Lippen.

Der Vater hat die Kraft gefunden, Gott allein weiß woher, und nahm die Fähre nach Ullapool. Nach seiner Rückkehr konnte oder wollte er uns nichts weiteres sagen als: »Sie schweigt.«

Durch die Tage rettet mich die Arbeit und die unerklärliche Natur dieser Inseln. Nie sah ich einen weiteren Himmel und bedeutungsvollere Landschaften.

Aber die Antworten müssen wir in uns selber finden.

Dein Felix

zweiundzwanzig

Als die Sonne aufging, waren sie schon auf dem Meer. Die Wellen ließen sich von der Sonne bescheinen und wogten sacht, als ob das Wasser seine Oberfläche dehnen wollte, um alle Strahlen in sich aufzunehmen.

Ian stand am Bug. Er schaute den kreischenden Möwen zu, die das Schiff begleiteten. Aufgeregt flogen sie umher, als ob sie in der Hoffnung auf den nächsten Festschmaus lebten. Vielleicht wussten sie nicht, dass sie einer Fähre statt einem Fischkutter folgten und sie hier nicht viel erwarten konnten.

Am Anfang der Fahrt hatte er Seehunde gesehen. Sie lagen faul auf den Felsen einer kleinen Insel, nur ab und zu ließ sich einer von ihnen ins Wasser gleiten. Ian hatte den Tieren zugewunken.

Es war alles sehr schnell gegangen. Erin hatte ihn gefragt, ob er mit ihr und den Figuren mitkommen wolle. »Und Vater?«, hatte Ian gefragt, aber Erin hatte nur erwidert, dass er ihn besuchen würde.

»Ich kann ihn doch nicht allein lassen!«, hatte Ian verzweifelt gerufen.

In diesem Moment war sein Vater hereingekommen und Ian hatte gesehen, dass er schon von dem Plan wusste. Er hatte ihn angeschaut und gewusst, dass sein Vater seine Zustimmung gegeben hatte.

Ian lief auf ihn zu, nahm seine raue Hand und fühlte den festen Griff, mit dem sein Vater seine Geste beantwortete. Der Vater ging in die Knie und hob Ian in die Höhe, als wäre er noch ein kleines Kind. Seine Beine erinnerten sich daran, wie sie sich um seine Hüfte schlingen mussten, um Halt zu finden. Er legte den Kopf an seine Schulter und flüsterte: »Schickst du mich fort?«

Da drückte sein Vater ihn so fest an sich, dass Ian fast keine Luft mehr bekam. Sie lagen sich ohne ein Wort in den Armen. Ian spürte etwas Nasses an der Wange, dann hörte er, wie Tante Erin aufstand. Sie pflückte ihn, wie man reifes Obst von einem Baum erntet, von seinem Vater ab und Ian klammerte sich an sie. Sein Vater ging aus dem Zimmer und kam erst am Abend zurück.

Sie hatten schweigend gegessen, nicht einmal Tante Erin hatte etwas gesagt.

Als Ian schon im Bett lag, war sein Vater zu ihm gekommen. Er hatte sich zu ihm gesetzt und mit ihm gesprochen. Sie überlegten, wie es sein würde, wenn Tante Erin sich jetzt um ihn kümmern würde, dass er in eine Schule gehen und dort lernen würde, was es alles auf der Welt gab.

»Auch Zeichnen?«, hatte Ian gefragt und sein Vater nickte.

»Dann werde ich dir Bilder schicken.«

»Ich werde sie hier aufhängen. Dann kann ich sie mir jeden Tag ansehen.«

»Bekomme ich auch Bilder von dir?«

»Wenn du möchtest.«

»Kann ich das Bild von dem Krieger mitnehmen?«

»Warum nicht? Wir werden es morgen einpacken.«

Ians Vater erzählte von dem Haus, in dem Ian künftig leben würde.

Das sei nicht so ein kleines Haus wie hier, sondern eines, in dem es Treppen und große Fenster gab. Ian wusste das alles aus Tante Erins Erzählungen, aber er wollte seinen Vater nicht unterbrechen. Er sprach weiter über die große

Stadt, als sei er selbst dort gewesen. Dabei war er über Ullapool niemals hinausgekommen. Ian hörte zu, achtete auf den Klang seiner Stimme, die wie ein Fluss anschwoll. Manchmal überschlugen sich die Worte, sodass Ian nichts von ihrem Inhalt verstand. Die Wörter sprudelten hervor wie vorwitzige Blasen und kullerten übereinander her. Ians Vater kam außer Atem. Er holte tief Luft. Dann sprach er ernst und würdig weiter, als sei der Fluss breit und mächtig geworden. Ian hatte seinen Vater noch nie so viel reden gehört. Schließlich beugte sich Timothy über ihn und gab ihm einen Kuss auf die Stirn.

Danach war er ins Webhaus gegangen. Mit dem Klappern des Webstuhls im Ohr war Ian eingeschlafen.

In den nächsten Tagen kamen alle vorbei. Jeder wollte kurz hereinschauen und Ian Auf Wiedersehen sagen. Das halbe Dorf stand verlegen in dem kleinen Haus, die Mützen in den Händen drehend. Sie sahen Ian an, als ob er nicht immer schon hier gelebt hätte, als sei er auf einmal ein völlig unbekannter Mensch geworden. Sie wünschten ihm Glück und klopften Timothy freundschaftlich auf die Schultern. John vergewisserte sich, dass er zurückkäme, Jamie wäre gerne mitgefahren und Stuart überreichte ihm eine Pfeife, die er irgendwo aufgetrieben hatte. »Du musst ja noch nicht gleich mit dem Rauchen anfangen«, sagte er. Timothy trat hinzu, nahm Ian die Pfeife ab und sagte, dass er sie für ihn verwahren würde.

Martha half ihm beim Packen seiner Sachen. Sie brachte eine große Kiste, in die sie all seine Kleider legte. Ian saß derweil auf seinem Bett und sah ihr zu. Er fragte sie, ob sie schon einmal in Perth gewesen sei, ob sie wisse, wie es dort zugehe. Martha verharrte in der Bewegung, die sie ausführen wollte. Sie seufzte.

»Nein«, sagte sie. »Ich war noch nie so weit fort. Aber ich beneide dich. Du wirst Dinge sehen, die wir hier nicht kennen, und doch wirst du uns nicht vergessen, nicht wahr?«

»Nein«, sagte Ian. »Ich werde euch bestimmt nicht vergessen.« Er stand auf und holte aus der Kammer die Bürste seiner Mutter. »Ob ich die wohl mitnehmen darf?«, fragte er und zeigte Martha die Bürste.

»Das weiß ich nicht, Ian, frag deinen Vater«, antwortete sie und strich ihm über das Haar. »Aber hier, deine wunderbare Decke packen wir auf jeden Fall ein.« Sie gab ihm die Ecken in die Hand. Gemeinsam falteten sie die Decke und stopften sie energisch in die Kiste.

Auch für die Figuren gab es eine Kiste. Tante Erin hatte sich darum gekümmert. Sie hatte sie mit Stoff ausgeschlagen, jede einzelne Figur nochmals mit einem dünneren Stoff umhüllt und sie sorgsam in der Kiste aufeinandergestapelt. Ian hatte ihr geholfen und ihr die Figuren angereicht. Er sah jeder Figur in die Augen, strich über den Körper, ehe er sie an Tante Erin weiterreichte, die die kleinen Gestalten vorsichtig und behutsam in ihr warmes Bett legte. Es war eine ruhige Arbeit, und jeder war mit seinen eigenen Gedanken beschäftigt, bis Ian den Krieger in der Hand hielt. Er zögerte.

»Da ist der Krieger«, sagte er.

»Du wolltest ihn behalten.« Erin sah Ian an. »Möchtest du, dass ich ihn auch einpacke?«

»Nein.« Ian blickte den Krieger unverwandt an. »Das geht schon.«

Er steckte ihn in seine Tasche und sie arbeiteten weiter, bis auch die letzte Figur einen Platz in der Kiste gefunden hatte. Tante Erin schnürte die Kiste mit dicken Seilen fest zu.

»Da haben wir unseren Schatz.«

Ian wusste nicht, was er sagen sollte. Er stand neben seiner Tante und ihm wurde so weh ums Herz, dass er am liebsten geweint hätte. Als ob sie um seine Verfassung wüsste, legte Tante Erin den Arm um ihn und drehte ihn zu sich herum.

»Das hätten wir beide wohl nicht gedacht«, sagte sie, »dass wir miteinander so ein Abenteuer erleben werden.«

Sie sah seinen flehenden Blick, ihn von alledem zu erlösen, die Zeit zurückzudrehen, die Figuren wieder im Sand versinken zu lassen, den Totschlag ungeschehen zu machen, Catherine wieder auferstehen zu lassen und seine Mutter aus ihrem düsteren Grab zu holen. Das Leben an einem anderen Ort wieder aufzunehmen und dort in Sicherheit und Ruhe zu verweilen.

»Ja«, sagte sie. »Wir werden Mut brauchen, nicht wahr?«

Hamish kam am letzten Abend. Er brachte ihm einen Schal mit.

»Damit du nicht frierst.« Er legte ihn Ian um den Hals.

»Danke.«

Ian führte ihn in seine Kammer, holte den Krieger aus der Mauer, in die er ihn wieder hineingeschoben hatte, und legte ihn Hamish in die Hand.

»Hier«, sagte er. »Ich möchte, dass du ihn behältst. Er war der erste, den ich fand. Ich dachte, ich würde ihn mitnehmen, aber nun glaube ich, dass er hierbleiben sollte. Jetzt, wo die anderen alle gehen.«

Hamish umfasste die kleine Figur vorsichtig mit den Fingern. »Bist du dir sicher?«

Ian nickte. »Ja. Denn weißt du, wenn ich dann wiederkomme, ist noch etwas hier für mich, verstehst du?«

»Für deinen Vater und mich wirst du immer hier sein.« Hamish setzte sich auf Ians Bett. »So ein Abschied ist immer sehr traurig«, sagte er. »Und wir haben weiß Gott schon viel Trauriges erlebt, nicht wahr?«

Ian blickte ihn nur an.

»So vieles, was wir ändern würden, wenn wir könnten.« Hamish atmete tief ein und aus. »Und doch freue ich mich nun, weißt du?«

Ian machte eine unwirsche Bewegung mit dem Kopf.

»Doch, ich freue mich«, bekräftigte Hamish. »Der Krieger bleibt hier! Er wird mir alles aus seinem Leben berichten und ich werde mich mit ihm unterhalten, so als ob du danebenstehen würdest. Wenn du uns besuchen kommst, werden wir uns all die Geschichten erzählen, die wir gefunden und erlebt haben. Ist das denn kein Grund zur Freude?« Er nahm Ian bei den Schultern. »Wir können den Krieger bei jedem Besuch dem anderen mitgeben, dann ist er immer bei einem von uns. Er würde zwischen uns hin und her reisen.«

Ian lächelte. »Wie ein lebendiger Brief.«

»Genau!« Hamish lächelte. Er fasste die Enden des Schals und verknotete sie, dann klopfte er die Schlinge auf Ians Brust fest. »So bleiben wir immer in Verbindung.«

Jetzt sah Ian einen Seehund, der neben dem Schiff herschwamm. Es war ein Jungtier, noch schlank und überaus beweglich. Er schwamm schneller als die Fähre, drehte sich vom Rücken auf den Bauch, vom Bauch auf den Rücken und kam dennoch mit enormer Geschwindigkeit voran. Er schnellte durch das Wasser, als wäre es Luft. »So muss es sein, wenn man frei ist«, dachte Ian. »Man kommt schnell voran und bleibt nicht hängen.«

Ian dachte an den Krieger, der bei Hamish auf ihn wartete.

Dann winkte er auch diesem Seehund zu.

August, 1829

Liebe Schwester,
heute erreicht dich mein Brief aus einer Hochlandsschenke, in der das Wasser von den Wänden herabrinnt, als ob der Regen endlich die Herrschaft über das ganze Land errungen hat und sich nirgends mehr zurückhalten muss.

War die Überfahrt schon entsetzlich, steht ihr das Hiersein in keiner Weise nach. Die Wirtin schimpft den Knecht in einer Lautstärke aus, dass die Erde bebt. Der arme Kerl stürzt verschreckt wie ein Hase in den Keller. Ich bin mir nicht sicher, ob wir ihn jemals wiedersehen werden.

Die anderen Gäste schwadronieren hin und her, es wird gelacht, es wird gegrölt, es herrscht ein Umtrieb, der mich schwindelig macht. Die Männer schwanken, als seien sie Kühe, die ihren Stall nicht mehr finden. Ich habe meinen Sessel nahe an das Feuer gerückt, um das bisschen Wärme, das es ausstrahlt, für mich zu beanspruchen. Meine Füße sind eiskalt. Klamm liegt die Kleidung auf meiner Haut. Ich befürchte, sie werden ineinander übergehen; die Grenzen sind aufgeweicht und nicht mehr zu retten.

So halte ich meine Tasse mit irgendeiner heißen, unbestimmbaren Flüssigkeit in den Händen, als sei sie Anker und Rettungsring zugleich.

Ich bin zurück. Zurück aus einem Leben, das mir nun wie ein Traum erscheint. Haben diese Ereignisse tatsächlich stattgefunden? Ist das alles geschehen? Gab es den Tanz und die Lieder, die Stille, das Atmen der kostbaren Reinheit? Waren sie um mich, die Männer der Inseln, deren Größe sich in ihrem Schweigen manifestierte? Wälzte das Meer, das Unendliche, jede Welle, jeden Tropfen, der je die

Erde berührte, zur Erfrischung und Labung der Geschöpfe an Land?

Und, geliebte Schwester, gab es die Frau wirklich, die, ohne sich zu besinnen, ihr Leben verwarf, um sich zu befreien? Es sang in der Luft und das große Lied der Liebe wehte an mich heran.

Ihr Vater gab mir die Hand. Eine Geste, deren Einfachheit und Gelöbnis nicht zu überbieten ist. Ein fester Händedruck, der unseren gemeinsamen Schmerz besiegelte.

Ich stand am Heck und sah zurück, wie die Inseln entschwanden. Der Himmel war seit dem Morgen grau, doch jetzt bildeten sich ausgeformte, dunkle Wolken, die sich voneinander absetzten und lösten. Und hinter einer dieser Wolken, die direkt über den Inseln schwebte, musste die Sonne stehen, denn ihre Ränder erstrahlten in einer goldenen Helligkeit, wie ich sie noch nie gesehen habe. Es war, als stünden himmlische Wächter im Kreis und wachten in schillernden Rüstungen über den kleinen Geschicken der Menschen auf den Inseln.

Ich sehne mich nach unserem Zuhause, nach dem vertrauten Leben, das ich führen könnte.

Ich habe viel gesehen.

Auf bald,

Felix

London, 2018

Die Präsentation ging schnell vorüber. Die Kameras wurden beiseitegestellt, Sektgläser gefüllt, Smalltalk geführt. Nivas sah Susan zu, wie sie antwortete, lächelte, fragte, das Glas hielt. Ab und zu kreuzten sich ihre Blicke. Nivas hatte sich in eine Ecke des Raumes zurückgezogen.

Er würde Rashmi nachher anrufen. Ihr würden die Figuren gefallen. Er würde sie, sobald sie Zeit hatte, abholen und hierherbringen. Sie könnten sich an früher erinnern, als sie klein war und sie eine Familie waren.

Vielleicht hätten sie Spaß und würden gemeinsam lachen.

Als Susan an ihn herantrat, war er in Gedanken vertieft.

»Danke, dass Sie geblieben sind.«

»Es hat mir Spaß gemacht. Ist für Sie alles gut gegangen?«

»Es ist gut gegangen.«

Sie lud ihn in einen Pub ein.

»Das war ein interessanter Abend«, sagte er.

Sie sah ihn an. »Wirklich?«

»Sicher, ich wusste nicht, dass Schachspielen die ungefährlichste Sportart ist, gleich vor den Sportschützen.«

»Das ist bekanntes Allgemeinwissen.«

»Ich werde nun die Sportnachrichten mit neuer Aufmerksamkeit verfolgen.«

»Der Journalist hat auf jeden Fall gut recherchiert.« Sie lächelte.

Nivas trank einen Schluck. Dann blickte er Susan aufmerksam und offen an. »Erzählen Sie's mir.«

»Was soll ich erzählen?«

»Es gibt Leute, die glauben, dass Taxifahrer immer gute Menschenkenner sind. Aber ich glaube nicht daran. Ich kenne einen Kollegen, der von einem blutjungen Mädchen ausgeraubt wurde, das sagte, ihre Mutter sei krank vor Sorge wegen ihr. Wenn sie nur ganz schnell nach Hause gebracht werden könnte, würde sie ihm das nie vergessen. Dann lotste sie ihn in eine einsame Ecke, holte ihr Spray heraus, verpasste ihm noch einen Tritt und entschwand mit seinen Tageseinnahmen.

Also nein, ich glaube nicht an die Menschenkenntnis der Taxifahrer.

Aber ich sehe, dass es da noch mehr gibt. Warum wollten Sie, dass ich mitkomme?«

»Sind Sie schon auf den Inseln gewesen?«

»Mein nördlichster Ausflug war nach Stratford-upon-Avon. Meine Exfrau ist Shakespeare-Fan.«

»Das ist nicht weit genug im Norden.«

»Nein, das ist mir klar.« Nivas legte die Hände übereinander und sah sie an.

»Haben Sie die Mauerstücke gesehen, die Figuren, die wir als Bauern bezeichnen?«, fragte Susan.

»Sicher. Sie schützen diejenigen, die hinter ihnen stehen. Das habe ich erst jetzt richtig begriffen. Sie sind ein Verteidigungswall.«

Susan nickte. »Die dahinterstehenden Figuren sollen mehr wert sein als die, die in erster Reihe stehen? Das kann nicht sein.«

Nivas starrte in sein Glas. »Wem sagen Sie das? Aber so sind nun mal die Regeln.«

»Die Regeln bedeuten gar nichts.« Susan ereiferte sich.

»Es sind keine echten Menschen, Susan.« Nivas war angesichts Susans wütendem Tonfall irritiert. »Es ist kein demokratisches Spiel, kein ›Spiel ohne Verlierer‹ oder ein Teambildungsspiel. Es geht ums Gewinnen, ums Schlagen, um Strategie.«

»Das dürfen jetzt aber nicht diejenigen hören, die sagen, dass durch Schachspielen die Empathiefähigkeit zunimmt.«

»Tut sie das?«

»Damit du weißt, was dein Gegner plant, schaust du ihm ins Gesicht und kannst dort ablesen, ob er dir eine Falle stellt oder nicht.«

»Oh, das mache ich bei meinen Fahrgästen auch!« Nivas lachte.

»Danke«, sagte sie spontan. »Danke, dass Sie dabei waren. Es hat mir geholfen.«

Sie nahm einen großen Schluck Weißwein. »In unserem Haus stand auf dem Kamin ein Schachspiel. Natürlich waren es die Figuren von heute.« Nivas blickte Susan ungläubig an, aber sie winkte mit einer Hand sein Erstaunen fort. »Nicht die Echten, sondern nachgemachte. Mein Vater gab mir die Figuren zum Spielen. Meine Mutter nahm sie mir wieder weg, weil sie Angst hatte, ich könnte sie versehentlich verschlucken.« Sie nahm wie zur Bekräftigung einen weiteren Schluck. »So kamen die Figuren und verschwanden wieder und so weiter und so fort, bis ich so groß war, dass mein Vater sich endlich zu mir setzte und mir die Regeln beibrachte. Er hatte das Schachspielen wiederum von seinem Vater gelernt und jener von seinem, das war so eine Tradition.«

»Mir scheint, Sie reden um den heißen Brei herum.« Nivas lächelte Susan belustigt an. »Wie war das mit der Direktheit der englischen Bevölkerung?«

Susan rückte ihren Stuhl näher an den Tisch, näher an Nivas. »Es wurde heute nicht darauf hingewiesen und ich wurde nur als Sammlungsassistentin vorgestellt. Tatsache ist, dass ich die Figur verkauft habe. Sie gehörte einst mir.«

Nivas starrte sie an.

»Wie bitte?« Er lehnte sich in seinem Stuhl zurück. »Dann war es doch ein echtes Schachspiel, mit dem Sie und Ihr Vater spielten?«

»Nein, die echten Figuren stehen schon lange im Museum. Es war nur dieser eine Krieger, den ich fand.«

»Wie kam der Krieger in Ihren Besitz? Was ist das für eine Geschichte? Der muss doch unglaublich wertvoll sein?« Nivas saß wie erschlagen hinter seinen Fragen.

Susan stand auf. Nivas griff nach ihrer Hand. »Sie können doch jetzt nicht einfach gehen?« Entgeistert blickte er Susan an.

Sie nahm seine Hand und hielt sie fest. »Ich gehe nicht. Ich hole die nächste Runde. Sie sehen aus, als könnten Sie noch etwas vertragen.«

Als sie mit Ginger Ale und Weißwein zurückkam, hatte Nivas sich aufgerichtet. »Ich bin bereit«, sagte er.

Susan schob ihm sein Glas über den Tisch und setzte sich. »Ich spreche nicht leichtfertig darüber. Außerdem sind es so viele Faktoren, die in die Geschichte hineinspielen, es ist ein ziemliches Durcheinander.«

»Das macht nichts.« Nivas spürte ihre Anspannung. »Das Leben ist durcheinander. Oder haben Sie schon einmal ein klares, unverworrenes Leben gesehen?«

»Da hätten wir gleich unser nächstes Thema. Ich glaube zumindest, dass viele Menschen klar strukturierte Lebensentwürfe bevorzugen würden.« Susan sah Nivas an. Dieser ruckelte ungeduldig auf seinem Stuhl.

»Wie auch immer.« Susan holte tief Luft. »Mit dem Schachspielen beginnt meine Geschichte. Sie beginnt mit Ian, dem Jungen, der die Figuren fand.«

»Ihr Urgroßvater?«

»Mit mehr ,Ur's davor. Er fand die Figuren 1831. Man weiß nicht viel darüber. Ich bin mir nie ganz sicher gewesen, was mein Vater an der Geschichte alles erfunden hat. Er sprach immer nur von diesem großartigen Fund und den herrlichen Figuren.«

»Sie sind herrlich, das ist nicht zu leugnen«, sagte Nivas und lehnte sich zurück. »Aber wie sind Sie zu dem Krieger gekommen?«

»Ich mochte das Schachspiel. Mein Vater war anders als sonst, wenn wir spielten. Heiter und gelassen konnte er dann werden. Wenn er sich in Erinnerungen verlor, immerzu von diesem Ian sprach, als ob er jederzeit zur Tür hereinspazieren könnte und mit uns plaudern würde, ging es mir gut. Er malte sich das Leben auf den Inseln aus. Wir fuhren auch einige Male hin und verbrachten den Sommer dort. Mein Vater lebte gern in der Vergangenheit. Vielleicht hatte es damit zu tun, dass er seinen Beruf so ernst nahm. Er war Lehrer, ein engagierter Lehrer, wir sahen ihn kaum, und wenn er zuhause war, bereitete er akribisch seinen Unterricht vor. Ich glaube, er brauchte einen Ausgleich dafür, wie einen Aufenthalt in einer anderen Welt, die nicht so real war, wie die tägliche Auseinandersetzung mit den Schülern, mit Drogen, Gewalt und dem ganzen Repertoire des Lehrbetriebes.«

Nivas sah Susan zu, wie sie sich ihrerseits in den Erinnerungen an den Vater verlor. »Ist er schon lange verstorben?«, fragte er sanft.

»Oh!« Susan wirkte ein wenig aufgeschreckt, als hätte sie Nivas im Rausch ihrer Erinnerungen vergessen. »Ganz recht, ja, es ist jetzt schon fünf Jahre her.«

»Das tut mir leid.«

»Danke.« Susan nickte. »Erst, als ich schon von zu Hause ausgezogen war und studierte, nahm mein Vater mich mit auf den Dachboden. Er kramte in alten Kisten und zeigte mir alles, was er von damals gefunden hatte: Briefe, Karten, Zeitungsausschnitte. Er besprach mit mir, was er entziffern konnte. Neben Ian traten nun auch andere Namen hervor: sein Vater Timothy, der übrigens wunderbare Zeichnungen anfertigte, oder Ians Tante Erin, ein Freigeist, eine Feministin im wahrsten Sinn muss sie gewesen sein. Mein Vater beschäftigte sich mit seiner Familie, mit seiner Vergangenheit.«

»Nun, es ist auch die Ihre, oder nicht?«

»Sicher. Doch während die Menschen, die er aus den Aufzeichnungen herauslas, für ihn konkrete Menschen waren, mit ihrem Schicksal und ihren Träumen, blieben sie für mich immer vage und diffus. Mein Vater fand einen Zeitungsausschnitt, in dem über einen Mord auf den Inseln berichtet wurde. Er nahm sich diesen Ausschnitt so zu Herzen, fragte sich wieder und wieder, was da wohl passiert sein mochte. Das waren Angelegenheiten, in denen ich ihm nicht folgen konnte.« Susan atmete langsam aus. »Jedenfalls war dort auf dem Dachboden, in einem der vielen Kartons, auch der Krieger. Eingewickelt in schäbiges Zeitungspapier. Er sah ganz unscheinbar aus und mein Vater legte ihn schnell zur Seite und sagte nur, dass ich ihn meinen Kindern geben sollte. Er sei schon immer in der Familie und das solle auch so bleiben.

Ich dachte mir nichts dabei, begriff nie wirklich, was er mir da gezeigt hatte.« Sie schwieg. »Dann starb er plötzlich an einem Herzinfarkt. Es ging ganz schnell.« Susan senkte den Blick und Nivas legte vorsichtig seine Hand auf ihre.

»Es ist schon in Ordnung«, sagte sie. Daraufhin zog er die Hand zurück, so, als ob es ein Versehen gewesen wäre.

Sie tranken beide hastig.

»Und jetzt?«

»Meine Mutter ist krank geworden. Sie muss rund um die Uhr versorgt werden. Ich kann das nicht leisten, auch wenn ich sie sehr liebe. Ich kann es einfach nicht.«

»Machen Sie sich keine Vorwürfe. Wer seine Eltern pflegen kann, ist ein Heiliger, und die trifft man so selten.«

Susan lächelte gequält.

»Sie ist in einem Heim?«

»Ich blieb eine Zeit lang zu Hause, um sie zu pflegen und auf sie zu achten. Ich benahm mich bald selbst wie mein Vater und stieg bei jeder Gelegenheit die Leiter zum Dachboden nach oben, um dem Leben mit ihr zu entkommen. Ich begann auch die Briefe zu entziffern, weil sie mich ablenkten von dem, was aus meiner Mutter wurde. Es waren Zeichnungen, kurze Grußkarten, Einladungen dabei, alles, was man aufhebt und weiterreicht, weil jeder sich scheut, es wegzuwerfen. Ich war in dieser Zeit froh, dass ich etwas zu tun hatte. Ich sortierte alles und richtete dort oben ein kleines Lager ein. Den Krieger stellte ich in eine Ecke zwischen zwei Balken, wo er durch seine Farbe fast unsichtbar wurde. Es waren merkwürdige Wochen.« Sie schwieg.

»Bald wurde mir klar, dass es so auf Dauer nicht weitergehen konnte«, fuhr sie schließlich fort. »Ich konnte meine Mutter nicht mehr allein lassen, nicht mal für einen kurzen Einkauf oder einen kleinen Spaziergang um die Ecke, um frische Luft zu schnappen. Ich hatte bei jeder Rückkehr Angst, was ich vorfinden würde. Einmal war das Bad überschwemmt, weil sie baden wollte und dann vergaß, den Hahn abzudrehen. Ein anderes Mal glühten die Herdplatten. Und das waren nur die harmlosen Dinge.«

»Ich verstehe.« Nivas nickte mitfühlend.

»Tun Sie das?« Susan blickte in ihr Glas. »Jeder sagt das, alle sagen das. Sie verstehen es.« Sie sah ihn an. »Ich bin übellaunig, wenn alle das sagen. Mag sein, dass es eine nachvollziehbare Situation ist. Trotzdem empfindet jeder anders.«

»Ja, natürlich empfindet jeder anders!« Nivas überhörte den bitteren Tonfall. »Wir sind Individuen! Warum sollen alle das Gleiche tun?« Er setzte sich aufrecht. »Was haben Sie entschieden?«

»Ich bin weggelaufen.«

»Zu den Schafen?«, fragte er.

»Ja.«

»Und Sie denken, das war ein Fehler?«

»Ja.« Susan schluckte. »Als ich endlich wiederkam, war sie sehr verändert. Das hat mich erschreckt und verängstigt. Die Frau, die sie betreute, war genauso überfordert, wie ich es war. Es herrschte absolutes Chaos im Haus und beide waren mit den Nerven am Ende. Es war entsetzlich.

Peter hatte mich angerufen, ein Arbeitskollege mit beruflichem Ehrgeiz. Er wollte, dass ich wieder zurückkam und meine Arbeit aufnahm. Unsere Abteilung war in Misskredit geraten und Peter setzte sich dafür ein, dass sich das ändern sollte.

Dieser Telefonanruf hat mich aus meiner vermeintlichen Ruhe gerissen. Er setzte die Dinge in Gang. Ich musste der Situation mit meiner Mutter ins Auge sehen. Wie sollte ich sonst konzentriert arbeiten können?«

Der Wirt rief mit lauter Stimme die letzte Bestellung aus.

»Immer wenn es spannend wird ...« Nivas schaute sie fragend an.

Möchten Sie noch etwas trinken?«

»Ich habe genug, danke. Und Sie?«

»Ich könnte ein paar Schritte vertragen. Beim Fahren beneide ich jeden Fußgänger.«

»Natürlich ...« Susan stand direkt auf. »Gerne.«

»So zügig hatte ich das nicht erwartet.« Auch Nivas stand mit einem Lachen auf.

»Ich weiß nicht, was mir einfällt«, sagte Susan, als sie auf der Straße standen. »Erst hole ich Sie von Ihrer Arbeit weg und nun erzähle ich Ihnen meine Lebensgeschichte mit sämtlichen Ecken und Kanten.«

Nivas nahm sie beim Arm und lenkte sie um die Ecke.

»Ich glaube«, sagte er, »ich kann selbst ganz gut entscheiden, was ich tue.« Er ließ sie los und ging mit großen Schritten voran. »Sie können mich jetzt doch nicht mit all diesen Informationen einfach stehen lassen! Entdeckte Peter den Krieger?«

»Nein.« Susan nahm Nivas' Arm und hakte sich ein. »Nein, mir selbst fiel der Krieger ein. Als ich nach Hause kam, stand ich unter Schock. Ich hatte oft mit der Frau, die meine Mutter versorgte, telefoniert. Aber nie erwähnte sie, welche Schwierigkeiten sie hatte, meiner Mutter und dem Haushalt gerecht zu werden.«

»Das gibt wohl niemand gerne zu.«

»Nein, aber ich hätte es heraushören müssen.«

Nivas sah auf sie herab. »Vielleicht wollten Sie es nicht hören?«

»Sind Sie sicher, dass Sie Taxifahrer sind und nicht Therapeut, der seinen Fahrgästen kostenlose Sitzungen anbietet?« Susan versuchte zu lachen.

»Ich bin sicher.« Nivas lächelte sanft.

Hastig sprach Susan weiter. »Als die Frau gegangen war, begann ich aufzuräumen. Meine Mutter half mir und brachte mir aus allen Winkeln des Hauses irgendwelche Gegenstände, die verstreut herumlagen, wie ein kleines Kind, das spielen will. So brachte sie mir den Krieger.

Nicht den echten, sondern den vom Spiel. Sie hielt ihn mit der Faust umklammert und wollte ihn erst nicht zeigen. Sie ließ anfangs nur den Helm aus ihrer geschlossenen Faust herausschauen, dann den Kopf, dann immer mehr vom Körper, sodass ich den Eindruck gewann, als sei er viel größer und bedeutender, als er auf den ersten Blick zu sein schien. Sie zeigte ihn mir mit einem wunderbaren Lächeln und war glücklich, dieses kleine Spiel mit mir zu spielen. Wir stellten ihn auf das Schachbrett und auf einmal begriff ich, was oben auf dem Dachboden zwischen den Balken stand, jahrelang achtlos in altes Zeitungspapier eingeschlagen!«

Susan drückte Nivas' Arm so fest, dass dieser ausrief: »Ich habe verstanden, dass diese Erkenntnis Sie aufgeregt und erstaunt hat, aber bitte lassen Sie meinen Arm heil, ich brauche ihn noch!«

Susan lockerte ihren Griff, war aber so in ihre eigene Geschichte vertieft, dass sie einfach weitersprach. »Sobald ich konnte, ging ich nach oben und suchte zunächst in den Kisten.« Sie sagte das plötzlich mit leiser Stimme. »Es war ein unbeschreiblicher Moment«, flüsterte sie. »Die ganze Zeit über hatte ich das Gefühl, dass mich jemand beobachtete. Und erst, nachdem ich sämtliche Kisten durchwühlt hatte und den Blick hob, sah ich ihn dort stehen und mich ansehen. Zwischen den Balken, wo ich ihn vor langer Zeit hingestellt hatte. Mir war, als ob ich eine heilige Reliquie aus einem uralten Grab hob, als ich den verstaubten Krieger von dem Balken nahm. Ich brachte ihn nach unten.

Ich wollte ihn mit rechter Würde und ordentlichem Licht aufwecken.

Und als ich ihn dort im Licht in meiner Hand hielt, glauben Sie mir, Nivas, da kamen mir die Tränen. Weil ich wusste, dass meine Not nun ein Ende haben würde. Von dem Geld, das er mir eingebracht hat, kann ich meiner Mutter sieben Heimplätze bezahlen. Sie ist hier bei mir, aber gut versorgt. Es ist eine Befreiung.«

Nivas blieb stehen. »Ihn verkauft zu haben, werden Sie nicht bereuen?

Er hat Ihrem Vater doch sehr viel bedeutet.«

»Ich habe keine Kinder, an die ich ihn weitervererben könnte. Keine Geschwister. Ich werde aber die Briefe, alles Schriftliche behalten.

Es hat mir gefallen, es zu ordnen und zu sichten. Es sind unglaublich interessante Aufzeichnungen darunter. Ich will mich weiter damit beschäftigen. So bin ich meinem Vater näher.«

»Das kann ich verstehen.«

»Und außerdem«, Susan blickte Nivas direkt in die Augen, »außerdem ist der Krieger nun endlich, nach all den Jahren, wieder bei seiner Familie. All die Geschichten, die er auf seiner Reise erlebt hat und von denen er dem König, der Königin und all den anderen berichten kann. Die Figuren haben sich sicher viel zu erzählen. Der Krieger ist endlich wieder zuhause.«

Sie gingen schweigend weiter durch die dunklen Straßen Londons.

»Und Sie?« Susan drückte Nivas Arm, der immer noch in dem ihren lag. »Wie sind Sie nun nach England gekommen?«

Epilog

Es wird mit einem Mal so hell, dass ich geblendet bin. Meine Augen brauchen Zeit, sich an das Licht zu gewöhnen. Doch dann sehe ich ihn.

Er sitzt wie immer aufrecht, und seine Königin ist bei ihm. Auch einige Ritter, manche sogar auf Pferden, scharen sich um ihren Herrscher. Ich höre das aufgeregte Schnauben der Tiere aus den geblähten Nüstern.

Die Bischöfe, mit der Bibel in der einen, dem Stab in der anderen Hand, wollen dem König bezüglich seines weiteren Vorgehens raten. Der König ist wohl in Gedanken versunken, denn er sitzt nur ruhig, als ginge ihn der Tumult ringsumher nichts an. Ich wünschte, ich wäre näher bei ihm. Und als ob ein Gott mich erhört hätte, stehe ich nun an seiner Seite. Zu seiner Rechten, mit der er das Schwert führt.

Ich stehe neben meinem König.

Hier bin ich.

Nachwort

Wenn man in das Museum »nan Eillean« in Stornoway auf der Insel Lewis der Äußeren Hebriden kommt, sieht man sich in einer Vitrine Figuren gegenüber, die trotz oder gerade wegen ihrer Größe beziehungsweise Winzigkeit in ihrer Ausdruckskraft nachhaltigen Eindruck machen.

Apropos Nachhaltigkeit: Die Figuren sind vermutlich in der zweiten Hälfte des 12. Jahrhunderts in Norwegen entstanden. Die Umstände ihrer Auffindung auf der Insel Lewis sind bisher nicht restlos geklärt. Eine lang verschollen geglaubte Figur, »ein Wächter« (Warden), wurde von einer Familie auf einem Dachboden in Edinburgh gefunden und 2018 für 735.000 £ bei »Sotheby's «versteigert.

Weitere Anregungen und Impulse boten mir diese Persönlichkeiten:

Die Countess of Dunmore setzte sich gemeinsam mit »Fanny« Beckett für die Verbreitung und Vermarktung des inzwischen weltweit bekannten »Harris Tweed« ein. Allerdings begann das erst viel später als im Roman geschildert.

Felix Mendelssohn Bartholdy ist nie auf den Äußeren Hebriden gewesen. Er verbrachte während seiner Schottlandreise 1829 einen Nachmittag auf der Insel Staffa.

Die Gattung eines Romans ist Fiktion. Daran halte ich mich.

Henriette Paul

Dank

Die Reise hat mit meiner phantastischen Lektorin Sibylla Vričić Hausmann begonnen, die sich einfühlsam und engagiert um meine Belange gekümmert und mich immer ermutigt hat. Schließlich war sie es, die gesagt hat: Mach einen Roman daraus! Ohne sie wäre das Buch nicht entstanden. Danke!

Nils Mohl für die Einordnung der Briefe und seinen genialen magischen Kreis, der mich immer wieder beschäftigt. Danke.

Bei der Lektorin Nicola Tams bedanke ich mich für das Zurücktreten und den Blick vom Berg aus.

Bernadette Trost für das wunderbare Cover. Auf einmal war alles einfach!

Claudia Hebestreit für das Korrektorat mit den letzten Hinweisen, danke.

Pia Helfferich und allen Teilnehmenden der »stillen Stunde« für die vielen gemeinsamen stillen und doch so produktiven Stunden. Wir sehen uns am Mittwoch!

Den Freundinnen danke ich für die uneingeschränkte Unterstützung, die Inputs und die Ohren, die jeden Schritt des Weges begleitet haben. Meiner Familie, danke.